Le livre
de la déraison
souriante

Ouvrages de
ROBERT SABATIER

aux Éditions Albin Michel

Romans

LA SOURIS VERTE.
LES ANNÉES SECRÈTES DE LA VIE D'UN HOMME.
DAVID ET OLIVIER.
LES ALLUMETTES SUÉDOISES.
TROIS SUCETTES A LA MENTHE.
LES NOISETTES SAUVAGES.
LES FILLETTES CHANTANTES.
LES ENFANTS DE L'ÉTÉ.
ALAIN ET LE NÈGRE.
LE MARCHAND DE SABLE.
LE GOÛT DE LA CENDRE.
BOULEVARD.
CANARD AU SANG.
LA SAINTE FARCE.
LA MORT DU FIGUIER.
DESSIN SUR UN TROTTOIR.
LE CHINOIS D'AFRIQUE.

Poésie

LES FÊTES SOLAIRES.
DÉDICACE D'UN NAVIRE.
LES POISONS DÉLECTABLES.
LES CHÂTEAUX DE MILLIONS D'ANNÉES.
ICARE ET AUTRES POÈMES.
L'OISEAU DE DEMAIN.
LECTURE.

Essais

L'ÉTAT PRINCIER.
DICTIONNAIRE DE LA MORT.
LE LIVRE DE LA DÉRAISON SOURIANTE.
HISTOIRE DE LA POÉSIE FRANÇAISE.
1. *La Poésie du Moyen Age.*
2. *La Poésie du* XVIe *siècle.*
3. *La Poésie du* XVIIe *siècle.*
4. *La Poésie du* XVIIIe *siècle.*
5. *La Poésie du* XIXe *siècle.*
   * *Les Romantismes.*
   ** *Naissance de la poésie moderne.*
6. *La Poésie du* XXe *siècle.*
   * *Tradition et évolution.*
   ** *Révolutions et conquêtes.*
   *** *Métamorphoses et modernité.*

LES PROPOS DE JONATHAN SMITH
(à paraître)

Robert Sabatier
de l'Académie Goncourt

Le livre de la déraison souriante

Albin Michel

IL A ÉTÉ TIRÉ DE CET OUVRAGE

Trente-cinq exemplaires sur vergé blanc chiffon, filigrané,
des Papeteries Royales Van Gelder Zonen, de Hollande,
dont trente exemplaires numérotés de 1 *à* 30,
et cinq exemplaires, hors commerce, numérotés de I *à* V.

22, rue Huyghens, 75014 Paris

ISBN BROCHÉ 2-226-05578-9
ISBN LUXE 2-226-05644-0

Les phrases réunies dans ce Livre de la déraison souriante *sont extraites de carnets que je tiens depuis de nombreuses années, parfois de mes livres. Je les ai distribuées selon des thèmes, puis je me suis attaché, tel un cuisinier, à « faire réduire à petit feu », c'est-à-dire à condenser une pensée en peu de mots.*

Ainsi, je me suis livré aux délices de la pensée fragmentaire, du vagabondage et de l'interrogation. J'ai essayé de me transcrire, d'exprimer quelques convictions, de questionner mes doutes, sans exclure le jeu et l'ingéniosité, l'artisanat du verbe. Ces textes sont proposés non comme porteurs de vérité, mais plutôt comme miroirs ou réflecteurs : on peut rejeter l'idée, éprouver son contraire, briser la transparence, marquer le désaccord.

En réunissant ces brins d'herbe, ces papillons et ces guêpes, j'ai pensé à Voltaire écrivant en marge d'une pensée de Vauvenargues : « La belle affaire que de nous apprendre cela ! » Cependant, j'ai osé *et j'ai même l'impudence de me référer à Jean Paulhan : « Tout a été dit. Sans doute. Si les mots n'avaient changé de sens, et les sens, de mots. »*

Pour le titre, j'ai voulu par un sourire atténuer la déraison de mon projet.

R. S.

Tout a été dit. Sans doute. Si les mots n'avaient changé de sens, et les sens, de mots.

Jean Paulhan, *Clefs de la Poésie.*

Cher ami, tu habilles tes pensées de façon si étrange qu'elles n'ont plus l'air de pensées.

G.C. Lichtenberg, *Aphorismes.*

Trop facile de livrer des fragments? Sans doute, mais, loin que je cherche le difficile, je me facilite toutes choses pour viser à ce que seul je puis : me transcrire.

Jean Rostand,
Pensées d'un biologiste.

Les pensées enchaînées *d'un livre, celles qui font la trame de ce livre, c'est le carquois plein, c'est tout le carquois.*
Mais la pensée détachée, *c'est la flèche qui vole. Elle est isolée, elle a, comme la flèche dans les airs, du vide au-dessus et du vide au-dessous d'elle. Mais elle vibre, elle traverse, elle va frapper.*
Eh bien, voyons : celles-ci frapperont-elles?

Jules Barbey d'Aurevilly,
Lettre à Trébutien.

Les belles éclaircies

1

Une pensée qui n'enfanterait pas une autre pensée, au besoin matricide, serait-elle vraiment pensée?

Il faut presser sa pensée comme une olive jusqu'à la coulée de l'huile écrite.

Une pensée non écrite n'est pensée qu'à demi.

Ces pensées de confection qui nous habillent si mal nous iraient plus mal encore si elles étaient taillées sur mesure.

A son point le plus aigu, la pensée est autodidacte.

Une pensée qu'on ne confronterait pas à sa contradiction serait une pensée inachevée.

L'immuable est un fait de non-pensée.

La tautologie est le signal d'alarme de la pensée.

Tout bien réfléchi, il est indispensable de réfléchir encore.

Réfléchir, c'est se réfléchir.

Lorsque nous décelons les arrière-pensées de la pensée, nous touchons à la pensée.

En nous mille pensées qui cheminent et ne se rejoignent pas. Il y manque le génie constructeur de routes et de ponts.

Lorsque nous ne savons plus ce que nous devons penser, la porte s'entrouvre.

Ces pensées arrachées à la terre, sans racines, nous accusent.

Je suis (dit-il) un non-intellectuel qui ne cesse pas de penser.

Toute pensée est une avant-pensée.

Celui qui va jusqu'au bout de sa pensée en découvre les limites.

Lorsque le cerveau vomit, n'appelons pas cela pensée.

Je compense donc je suis.

La Pensée. Autrement dit : l'éternel détour.

Hommes, si je pense sans vous, je pense sans moi.

On commence à le dire comme on le pense, on finit par le penser comme on le dit.

Je le dis comme je le pense sans être assuré de bien le penser et de bien le dire.

Ne prêtons pas trop aisément à autrui des pensées médiocres, nous laisserions à croire que notre fonds est inépuisable.

Lorsque nous couchons nos pensées sur le papier, veillons à ce qu'elles ne s'endorment pas.

Penser : tenter de faire échec aux infirmités du langage.

Penser, c'est être deux.

Prendre la vie avec philosophie, selon le sens commun, c'est avoir pensé une fois pour toutes.

Si quelque frivolité se glisse dans la pensée, tenons-en compte : qui sait si elle ne nous protège pas de la froideur des professionnels du cerveau?

Le mot qui désigne le mieux l'oisiveté du penseur est le mot travail.

Un maître à penser qui n'enseignerait qu'à penser comme lui-même serait un maître à ne pas penser.

Le bien pensé : oui. Le bien-pensant : non.

Si la plupart des hommes prenaient le visage de leur pensée poussée à l'extrême, ils porteraient les ailes de l'ange ou les griffes du démon.

Ni malade de la terre, ni convalescent du ciel : l'homme dans l'exercice de la pensée.

Toujours affirmer le contraire assure le succès immédiat de maints penseurs.

Contempler deux roseaux pensants disputant un pugilat.

Dans le domaine de la pensée, préférer les aliments frais aux conserves.

Je suis la pensée qui chemine au fil des ans et meurt quant la pensée devient pensant.

la pensée est le propre de l'homme
Peut-on tuer l'un ou l'autre ?
Vite écrivons ses pensées avant qu'elles ne meurent.

imaginer c'est rêver
penser c'est créer

2

Le philosophe invente des dédales dont l'issue s'ouvre sur d'autres dédales. Interminablement.

Tout l'art du philosophe consiste à rendre vrais de faux problèmes.

Le « cela va de soi » est l'ennemi du philosophe.

Une philosophie en forme de conte de fée trouverait de délicieux adeptes.

Prenant les choses telles qu'elles sont, il se disait philosophe en chérissant le contraire de la philosophie.

Le farceur serait-il ce philosophe allé jusqu'au bout de sa philosophie?

Nous tenons pour excellentes certaines philosophies dans la mesure où nous sommes flattés de les comprendre.

Le oui et le non : l'aboutissement de toute philosophie?

Tout l'art de ce philosophe est de poser un problème qu'un autre résoudra.

Telles doctrines philosophiques ne sont souvent que le support d'un jargon.

*

De frotter l'idée à son contraire naît toujours quelque étincelle.

Agrandir le domaine des idées plutôt que l'espace des bibliothèques.

Si elles ne s'affûtent pas à d'autres idées, les idées s'émoussent.

Certaines idées sont à ce point séduisantes qu'on oublie qu'elles sont fausses.

Toutes les idées sont reçues – plus ou moins bien.

Faire du désordre des idées un ordre différent.

Les petites idées ne sont que des points de vue.

Telles idées destinées à combler notre vide l'agrandissent.

Méfions-nous de n'avoir qu'une idée en tête : elle dissimule les plus nocives.

Une idée qui n'est pas anticipatrice est-elle vraiment idée?

Les idées qui ne procèdent pas de l'Idée sont les plus aptes à la dissolution.

L'idée fixe est la mise au garde-à-vous de l'Idée.

Ceux qui ont une foule d'idées et qui n'en ont pas une.

Après les grandes batailles d'idées viennent les détrousseurs de cadavres.

Une communion d'esprits ne se fait pas dans la bousculade.

Ceux qui pillent les idées d'autrui et prennent bien soin, ensuite, de les renier.

Les familles d'esprits ont leur linge sale. Elles le lavent plus volontiers en public.

3

L'intelligence à la dérive cherche la bouée du cœur.

Que serait une intelligence qui oublierait d'être « en intelligence » avec les choses?

L'intelligibilité est la politesse de l'intelligence.

Il n'est pas dans la nature de l'intellect de pervertir l'intelligence, mais cela arrive parfois.

Trouver le point où l'intelligence se mésallie.

Intellectuels à demi, donc bêtes à moitié, et inoffensifs, de préférence morts pour qu'on puisse les honorer en paix : ainsi certains souhaitent-ils les hommes de pensée.

Viendra-t-il, le temps de l'intelligence inintelligible?

Certes, ces intellectuels qui claquent les portes et font trembler les vitres auraient mieux à faire, mais du moins ont-ils le mérite de nous tenir éveillés.

De l'abeille au savoir, trouver le plus court chemin.

Révérons le savoir sans oublier qu'un intellectuel est aussi facile à duper qu'un ignorant.

Préférer le savoir par *le* cœur au savoir par cœur.

Comprend seulement celui qui feint de ne pas comprendre.

Maintes incompréhensions sont à ce point incompréhensibles qu'elles nous font douter de notre pouvoir de comprendre.

Quand les langues du savoir utilisent trop de maquillage, ce sont les fards qui discutent entre eux.

Quand la pensée ramassée atteint le jargon, elle découvre un outil qui se prend pour un édifice.

Nous nous croyons savants de ce qu'ignorent les autres.

La morale du savoir est de faire comme si on ne savait pas. D'ailleurs, on ne sait pas.

Étalez votre savoir, le non-savoir vous dévorera.

Le saurons-nous jamais qu'il n'y avait rien à savoir?

Le savoir qui ne s'enrichit pas s'émiette.

Quand nous disons : « J'ai mal compris », c'est que nous avons fort bien compris. Quand nous reprenons : « Si j'ai bien compris... », c'est que nous n'avons rien compris du tout.

La souffrance vient aussi bien de la compréhension que de l'ignorance.

Ce que nous connaissons sans l'avoir appris est le meilleur de notre savoir.

Entre ce que nous croyons savoir et ce que nous savons croire, l'oscillation de nos inventaires.

Le savoir est la somme des ignorances reconnues.

Toute la subtilité consiste à trouver un terrain où semer ses subtilités, mais sans doute peut-on se passer de ces floraisons?

L'étonnement nous enseigne.

L'étonnement perpétuel n'est pas un étonnement mais une manie.

Ne prenons pas l'étude pour un refuge quand il s'agit d'un tremplin.

On n'apprend bien qu'en cachette.

Tout est culture, sauf parfois la culture.

Le culture est ce qu'on célèbre à défaut de ne pouvoir l'alimenter.

Dire à la culture ce qu'elle doit être. Réfléchissons à cette absurdité.

Le mot culture est mis à toutes les sauces, même celles des cuisiniers.

« Le mieux disant... », quoi de plus mal dit?

On croit donner de l'instruction, on ne fait que donner des instructions.

Toute prédisposition à recevoir la culture est en soi culture.

Une culture se doit d'être insatisfaite. Sinon elle succombe.

La plupart des discours dits culturels sont des variations autour d'une absence.

La culture, c'est ce qui allège en s'ajoutant.

Est-il cultivé qui ne connaît que ce qui s'apprend?

– La raison de l'intelligence c'est le ~~désir~~ vouloir de l'ignorant.

La raison du savoir c'est de ne rien savoir

4

La logique leur parut à ce point implacable qu'ils décidèrent de la « plaquer ».

La logique est la mère des lois, y compris celle du talion.

Si, logiques, nous démontrons, intuitifs, nous inventons.

Quand « cela tombe sous le sens », craignons qu'il ne s'écroule aussi.

La liberté est le point où s'émoussent les armes de la logique.

On croit user d'une méthode et on en arrive au procédé.

Il n'est que l'absurde à résister à la preuve par l'absurde.

Bien des choses ne peuvent être comprises que dans la mesure de leur résistance à l'explication.

Entre ce qui est et ce qui n'est pas, comme dans un album à colorier, que de grands espaces à remplir!

Dire non, c'est faire un pas sur la route du oui.

Le oui est la métamorphose la plus subtile du non.

Répondre par un oui ou par un non. Comme si c'était répondre!

La négation est boulimique.

Quand il suffit d'un seul prétexte, on le trouve toujours.

Lorsqu'on ajoute une argumentation à un argument, on gâte la sauce.

L'argumentation use la matière plus qu'elle ne la polit.

Nous commençons à écrire qu'une opinion nous est indifférente et nous en argumentons durant cent pages.

Vouloir convaincre, c'est d'abord chercher à se convaincre.

Les hypothèses sont les germes des affirmations.

Il n'est rien de tel que la « juste mesure », pour nous convaincre qu'elle est un peu juste.

Pour trouver une apparence d'équilibre, nous jugeons complémentaires de flagrantes contradictions.

Une remarque est un propos destiné à nous faire remarquer.

Il n'est que de tout mesurer pour perdre le sens de la mesure.

Perçons le sens, il fuit.

Établissons la pratique, d'autres se chargeront de la théorie.

Qui ne sait pas montrer démontre.

Explique, tu ne comprendras plus.

Rien de tel que l'indiscutable pour être discuté.

Poussez l'imperfection à son comble, vous trouverez la perfection.

Nous qualifions de singulier ce qui n'a pour singularité que de provoquer notre impuissance à le mieux définir.

Le problème est de savoir s'il fallait soulever le problème mais comment aurions-nous su qu'il était problème?

Affirmer qu'il n'y a pas de problème en est pour beaucoup la solution.

Un problème en cache toujours un autre.

Les faux problèmes ont ce mérite d'engendrer de fausses solutions.

Désertés des problèmes, c'est-à-dire morts. La mort ne résout rien, elle élude.

La difficulté, c'est l'honneur du problème.

La vie est l'amas des problèmes irrésolus.

*

Preuve, et si tu étais le terreau du doute?

Le doute interroge. La certitude désespère.

La force d'une affirmation est toujours proportionnelle à la puissance du doute qui l'a dictée.

L'ombre d'un doute : une ombre qui s'allonge, accentue le relief, une ombre qui révèle ce qu'elle veut dissimuler.

Deux étapes : « sans doute », « sans aucun doute », mais il reste encore un doute.

Je sais ce que je crois en doutant de ce que je suis.

C'est dans le doute qu'on se sent le moins sceptique.

Le scepticisme souriant est un doute poli qui cherche une excuse.

Si cela ne provoque aucun doute, il y a quelques chances que ce soit faux, quelques autres que ce soit inintéressant.

« Sans doute! » – la manière la plus sûre d'indiquer le doute.

Et la lumière du doute, qui en parlera?

Le rationalisme triomphant de l'incongru nous ramène à la portion congrue.

Si je ne vois pas les choses comme vous, elles me voient comme elles vous voient et nous évitons leur regard.

Quand « c'est à ne pas croire », cela mérite d'être cru.

Si nous n'examinions pas les choses « d'un certain point de vue », les examinerions-nous?

Quand nous déclarons aimer plus ou moins une chose, c'est que nous l'aimons plutôt moins que plus.

Dire d'une chose qu'elle s'explique, c'est refuser de l'expliquer.

Si nous déclarons une chose « très spéciale », c'est que nous nous trouvons en peine de définir sa spécialité.

Quand nous affirmons qu'une chose est « assez belle », c'est qu'elle ne l'est pas assez.

Dès qu'ils ne comprennent pas une chose, les cuistres ont tendance à la trouver admirable.

Pour voir les choses de plus près, il est nécessaire de prendre de la distance.

A tant chercher la clé des choses, on finit par perdre la serrure.

Quand il y a une clé et pas de porte, il n'y a pas non plus de clé.

Du trou de serrure, la meilleure clé, c'est l'œil.

On nous dit : « Vous allez voir ce que vous allez voir!... » On voit et cela empêche de voir.

Quand on joint l'utile à l'agréable, chercher lequel des deux y perd.

Rien de plus indispensable que les inutilités.

Le cynisme, c'est la lucidité poussée jusqu'au scandale.

Le non-choix n'est-il pas plus arbitraire que le choix?

y-a-t-il « juste mesure » quand le juste ne se mesure pas

5

Pensée, tel est l'autre nom de la question.

Semez le chemin de questions et le chemin deviendra question lui-même.

Tout l'art de la réponse est de démontrer l'inanité de la question.

Toute bonne réponse modifie la question qui l'a suscitée.

La plus sadique jouissance de la réponse est de faire regretter la question.

Devant le silence, la question s'exténue.

Dès qu'une réponse nous est arrachée, plante déracinée, nous la voyons dépérir.

Trancher la question n'est pas la couper en tranches.

Voulez-vous savoir? N'interrogez pas.

Qui a réponse à tout flétrit la question.

Les questions sont toujours en surnombre sur les réponses.

Tels n'ont réponse qu'aux questions qui ne se posent pas.

La bonne réponse est celle qui façonne la question.

Fanfaronne question, la réponse te tuera.

Questionneriez-vous si vous ne connaissiez la réponse?

En temps de questions tout est question de temps.

Là n'est pas la question. – Jamais là quand on a besoin d'elle!

Répondre, il n'en est pas question.

Être à côté de la question : habile détour, soit pour s'en détacher, soit pour mieux la rejoindre.

Faire le tour de la question : la contourner?

A question habile, réponse plus habile : réponse qui ne répond pas.

Bonne question quand elle rend la réponse difficile. Ainsi, la question des questions.

Tout est à remettre en réponse.

Une question déplacée est par essence peu stable.

Quand « ce n'est pas une réponse », vérifiez si c'était bien une question.

Ce qui commence en interview risque de se terminer en interrogatoire.

Tout questionnaire est ce confesseur qui vous suggère des péchés.

Le jour où les interrogations cessèrent, la Terre disparut.

6

Quand la folie marche au pas, d'aucuns sont tentés de l'appeler raison.

Au contraire de la raison, la folie ne porte pas de masque.

De sa déraison, faire bon usage.

Nommer Hölderlin, Nerval, Nietzsche, Van Gogh, Artaud, et les dire fous, c'est rendre hommage à la folie.

Demi-raisonnable ou demi-fou?

Le fou est cet homme qui s'abstient d'imiter les hommes.

Si le fou du roi devenait roi prendrait-il un fou?

La seule chose qui manquait aux fous des rois : la folie.

Sa folie commença à l'instant même où il cessa d'être fou.

Lorsque nous nous surprenons à nous conduire en fous, pensons que nous sommes enfin raisonnables.

Nous disons les fous « dérangés » parce qu'ils nous dérangent.

L'éveil de la raison peut lui aussi enfanter des monstres.

Une crise de folie apparaît justement quand la folie n'est pas en crise.

Parmi tant de sages, cette crainte soudaine de ne pas être fou.

« C'est un sage! » Autrement dit, il cache sa démence.

Quand la folie prend le masque de la raison, il faut bien s'attaquer à la raison pour découvrir la folie.

Écueils pour la raison : le raisonnable, le raisonneur.

Lorsque la sagesse prépare ses compromis, son visage se couvre de boutons.

Plaignons l'infirmité de ce qui n'est pas aussi son contraire.

Se croyant bien équilibré, l'homme accuse le destin de ses chutes.

« J'ai mes raisons ! » Une seule ne suffit donc pas?

L'hypertrophie de la raison est une maladie plus redoutable que son absence.

Il n'est point raisonnable pour la raison de toujours vouloir avoir raison.

L'air assuré des gens qui ont toujours raison nous persuade qu'il est beau d'avoir tort.

Si l'insensé existait, serait-il le réceptacle de tant de sens cachés?

Le bon sens est à ce point bien partagé que chacun n'en a que des miettes.

L'Homme meurt lorsqu'il ne rêve plus

7

Rêver, c'est voir sans les yeux, entendre sans les oreilles, oublier ses sens et jouir de leurs doubles cachés en nous.

Un rêve qui ne devient pas réalité est un rêve qui n'a pas été assez rêvé.

Le paradoxe du rêve : nous voudrions qu'il se réalise et, en même temps, qu'il reste un rêve.

Un esprit immobile est celui qui ne rêve que de nuit.

Vous qui me jugez, connaissez-vous mes rêves?

Les rêves sont faits de ce tissu qu'aucun fil ne peut coudre.

Les cauchemars, ces squatters violents qui occupent la maison du sommeil après s'être longtemps cachés dans ses corridors.

Creuser l'ennui, cette friche, pour en faire jaillir cette eau, la rêverie.

L'absence du rêve, pensée anticipatrice, ne produit que philosophie fade et politique glacée.

L'imagination est la mémoire de l'avenir.

Imaginer que puisse exister l'inconcevable, c'est gravir quelques échelons.

Le paradoxe de l'imagination : pour la mettre au monde, il faut qu'elle soit déjà née.

L'imagination, c'est la folle du logique.

Imaginer, c'est marcher avant la marche.

L'imagination est ce dont on parle le plus volontiers quand elle fait défaut.

L'imagination n'est pas que de la tête.

L'utopie a pour ennemi ce chimérique dont on l'affuble pour voiler son visage d'avenir.

« Ne cherchez pas l'impossible! » nous dit-on. – Si, justement.

Si le connu est notre pratique, l'inconnu est notre désir.

Fréquenter l'univers des possibles donne le sentiment de la liberté.

L'extracteur du tréfonds : homme de surface. Profond parce que superficiel.

Méditer, c'est entrer en soi sans quitter le monde.

Chercher une contemplation ne s'égarant pas dans l'objet mais le multipliant en nous.

Extraire ce qui existe en nous pour enfin le voir.

Le différent contre l'indifférence, seule arme.

L'opacité humaine est faite de transparences voilées.

Symbole de l'obscurité : une lumière aveuglante.

Sans les cavernes, connaîtrions-nous la lumière?

Lorsque nous voyons clair en nous, les ténèbres du dehors s'atténuent.

Les lampes n'éteignent pas les lampes.

Ils cherchent le mystère dans l'obscurité parce qu'ils ne le voient pas dans la lumière.

Le tort de l'idéalisme serait de prendre le masque de l'extase là où il doit garder le visage de l'action.

Rien de plus éloigné de l'idéal que les vagues idéaux.

Poésie de l'idéal, la vie se chargera de vous traduire en prose.

Qui cherche, même s'il ne trouve pas, se trouve.

Trouve, tu chercheras.

8

Toute arrivée est le commencement d'un départ.

Pour aller plus vite, éviter le raccourci, faire un détour.

Si la route est aisée, inventons l'obstacle.

On se trompe plus communément de but que de chemin.

Le chemin le plus court d'un point à un autre est celui où l'on s'ennuie le moins.

Veux-tu ne pas te perdre? Garde l'espérance du chemin.

Lorsqu'on reste, un peu de soi est déjà parti.

Le droit chemin est aisément reconnaissable : c'est celui qu'on hésite à emprunter.

Qui s'égare ne méprise plus le sentier.

Le commencement se situe toujours avant le commencement.

Si tu te demandes ce que tu fais là, interroge-toi sur ce que tu ferais ailleurs.

Parvenu à l'extrême de sa quête, le philosophe s'écria : « J'ai trouvé! » sans préciser qu'il avait trouvé une autre quête.

Nous croyons déjouer le labyrinthe en le multipliant.

En pays de glace, celui qui s'interroge est déjà mort de froid.

Il faut qu'une porte soit ouverte ou entrouverte.

Suivre le courant n'écarte pas les écueils.

Traduire la sinuosité demande un langage droit.

Le vrai vagabond est celui qui évite les chemins tracés.

Aux deux sens du verbe, nous devons *gagner* le lieu.

Tout voyage qui n'est pas intérieur est condamné à n'être qu'une errance.

On ne franchit jamais une limite : on la pousse devant soi.

Si le passage nous paraît étroit, disons-nous bien que ce n'est qu'un passage.

Le coureur n'a pas de conquêtes, il n'a que des haltes.

Pour tracer un sentier, il faut plus d'un passant.

Dès qu'il est atteint, le but n'est plus le même. D'ailleurs, il n'est plus un but.

Le timide est ce voyageur qui ne cesse de rebrousser chemin.

Plutôt que de changer de train, changeons de voyageur.

Il y a plus de voyageurs qui regardent paître les vaches que de vaches qui regardent passer les trains.

Les bornes sont faites pour être dépassées – ou déplacées.

Bien voyager, c'est tendre à des immobilités successives.

Il est vrai que certaines montagnes ont un air déplacé.

Il est des lieux si laids qu'ils ont été créés pour que le voyageur prenne plaisir à les quitter.

L'homme pressé : toujours en retard.

Si nous aimons l'ailleurs, c'est parce qu'il nous persuade que nous sommes ici.

9

Les êtres humains sont des enfants qui font des enfants. Parfois il en naît un homme.

Les hommes sont ces êtres si différents les uns des autres dont on affirme volontiers qu'ils sont bien tous les mêmes.

Les plus âpres luttes menées par les hommes avaient pour but de ne pas devenir ce qu'ils sont devenus.

« Je cherche un homme! » Qui a prononcé cette phrase, Diogène ou Narcisse?

On a beau être femme, on n'en est pas moins homme.

L'homme n'existe que par comparaison, mais avec qui ou quoi?

L'homme naît le plus souvent d'une erreur dont le destin fera une vérité.

C'est faire injure à l'être que de se croire un être d'exception.

Cet animal qui pullule tout en étant en voie de disparition : l'homme.

L'homme est un problème à résoudre sans qu'il y ait de solution à trouver.

La plus noble conquête de l'homme est à venir.

L'homme est un puzzle qui tente de réunir ses éléments en oubliant qu'il est lui-même l'infime partie d'un autre puzzle.

Lorsque nous faisons d'une personne un personnage, nous commençons à nier sa personne.

Si l'homme n'avait que quatre doigts à chaque main, combien ne sauraient compter que jusqu'à huit!

10

Le moraliste, ce La Palisse des mœurs.

Cette morale que l'apostille du moraliste détruit.

Derrière le moralisateur, chercher la canaille.

Faire de la morale est une manière de s'inventer des alibis.

Pour se donner raison, on trouve toujours quelque maxime.

Regard perçant devant les préceptes, myope devant les exemples.

L'honnête homme, ce castrateur poli.

La bonne conscience, c'est comme la bonne haleine : on n'en parle jamais.

Toute vraie moralité est dans la qualité de la fable, non dans celle douteuse accrochée à son train.

Un moraliste est un buveur d'alcool qui enseigne à ne boire que de l'eau.

La maxime pourrait être le lieu d'arrivée de la pensée d'un homme que d'autres prendraient pour point de départ.

Rendez la maxime servile, vous en faites un slogan.

Le *vice versa*, cette preuve par neuf qui nie la maxime.

Les aphorismes de l'absurde semblent avoir pour but de nier l'absurde qu'ils démontrent.

Les jeux
de la société

1

L'univers est un composé d'exceptions qui ne trouvent pas de règle à confirmer.

Dans le grand Tout, que de petits riens!

Parceque des petits rien forment un grand TouT

Une civilisation n'est jugée vieille que lorsqu'elle imagine sa propre fin.

La civilisation chérit à la fois son visage, son masque et sa caricature.

Si la civilisation a fait reculer la barbarie, sa défaite vient de ce qu'elle ne l'a pas détruite.

Toute civilisation s'use dès lors qu'elle se révèle incapable de comprendre une autre civilisation.

La civilisation, c'est la cécité provisoirement vaincue.

La civilisation mécanique reste la plus apte à détruire la mécanique des civilisations.

Réversibilité de la technique : quand, faite pour libérer, elle enchaîne.

La technologie comme mode d'accès à la nature et la détruisant pour ne donner accès qu'à elle-même.

Le risque de l'homme : devenir machine quand la machine ~~le remplace~~. pense

La machine, cette domestique dont nous sommes les domestiques.

La machine n'arrache l'homme à la machine que pour en faire une autre machine.

Ils inventèrent de tels procédés de communication que l'homme fut condamné à vivre seul.

Le progrès assassin du progrès.

Quand le regret progresse, le progrès régresse.

Sciences techniques que n'accompagnent pas les sciences humaines : progrès sans progrès.

« Pardonnez-moi, exprima l'ordinateur, j'ai répondu machinalement. » L'ingénieur sourit : sa machine avait atteint à l'imperfection humaine.

Lorsque la mémoire était la seule écriture, l'homme chantait. Lorsque l'écriture naquit, il baissa la voix. Lorsque tout fut mis en chiffres, il se tut.

2

Ils eurent à choisir entre une société sans classes et une société sans classe.

Quand nous n'entrons pas dans un système, il s'arrange pour nous pénétrer.

Enrôler l'homme, c'est le condamner à ne plus savoir ce qu'il fait.

L'humanité abstraite dilue l'homme concret.

Au bal des Ardents de notre siècle, seuls brûlent ceux qui ne dansent pas.

Les peuples commencent à être civilisés quand ils osent se moquer d'eux-mêmes.

Un peuple poli, c'est un peuple qui sait manier la satire.

Le besoin que nous avons du monde nous laisse toujours à croire que le monde a besoin de nous.

La civilisation sera quand le mot *étranger* sera banni.

Le pire exil : être exilé dans son pays natal.

Plantes coupées qui voulez retrouver vos racines, quel miracle vous y rattachera?

La société est composée de prisonniers. Certains sont appelés gardiens.

Être « concitoyen de tout homme qui pense » nous paraît bien limité. Et ceux qui ne pensent pas?

Nous souhaitons habiter une île en prenant garde qu'elle se situe au cœur d'un archipel.

Il est des villes de millions d'âmes et qui n'en ont pas une.

Il est aussi cruel d'ôter à un individu le droit de quitter son pays que de l'en exclure.

L'idéal serait de s'insérer parmi les hommes comme un livre entre deux autres.

Pour aider l'autre, nous l'appelons à l'aide. Au naufragé aussi de tendre la main.

Qui construit sa citadelle enferme le monde au-dehors.

Nous ne songeons à séparer que pour mieux unir.

Certains voudraient que tous les hommes soient frères à condition d'en être les aînés.

Le misanthrope est celui-là qui s'ennuie sans l'aide des hommes après s'être ennuyé en leur compagnie.

A d'ennuyeux « philanthropes », ne préférerions-nous pas ces misanthropes qui gardent leur secret?

L'éloignement du misanthrope rend service à ses contemporains. Cela pourrait s'appeler misanthropie philanthropique.

L'illettré dit : « Je porte ma croix. »

L'indifférence est aussi ruineuse que la différence est enrichissante.

Nous atteignons à l'invraisemblable en vivant avec des semblables si dissemblables.

Les statues posthumes des grands scandaleux sont toujours édifiées par ceux qu'ils méprisaient.

Le dialogue du mort et du prisonnier fut celui d'hommes libres.

La xénophobie est le mariage du patriotisme d'officine et de l'imbécillité sacrée.

Le racisme engendre le racisme comme la putréfaction le ver.

Le racisme est une manière de déléguer à l'autre le dégoût qu'on a de soi-même.

Le nazisme est la pornographie du fascisme.

Dans toute dictature, ou l'individu n'est rien ou il est ce que le maître veut qu'il soit et dès lors n'est plus un individu.

On dit de certains cercles qu'ils sont fermés pour faire oublier qu'ils sont étroits.

Il existe plus de gens enchantés de faire notre connaissance que de gens connus de faire notre enchantement.

Quand on entre comme dans un moulin craignons d'être broyés.

Si tout le monde n'était pas comme tout le monde, quel plaisir ce serait d'être comme tout le monde!

Lorsque l'on nous parle un peu trop de respect des convenances, c'est qu'on se prépare à bafouer quelque chose.

Que serait une politesse qui ne naîtrait pas des circonstances, mais d'un code?

On reconnaît un grand seigneur à cette libéralité : il sait offrir son temps.

L'insolence est une impolitesse en habits de cour.

Réussir en société, c'est avoir des ennemis éminents. proches

La plupart des gens du monde ressemblent à la caricature de ceux qui en voudraient être.

La « bonne société » croit se passer de la société quand elle n'en est qu'une parcelle fardée.

Noblesse oblige parfois, désoblige souvent.

Il reste remarquable que le nombre des faux nobles soit plus élevé que celui des faux roturiers.

Par économie, le roi décida de se passer de bouffon. Il joua les deux rôles.

La mode a été inventée pour habiller le corps et mettre à nu le caractère. !?

Sauvons les apparences, mais n'en attendons aucune reconnaissance.

Un bourgeois est un homme qui ne croit pas aux fées.

La bourgeoisie recrute ses opposants parmi les siens. Les enfants prodigues reviennent toujours au bercail après l'embouche.

Les conseils de la société se partagent en conseils de guerre et conseils de famille.

4

Nous nous méfierions d'un juge qui ne connaîtrait que le code.

Le juge dit : « Nous allons juger logiquement d'actes illogiques. »

Un jury ordinaire jugeant de faits hors du commun, voilà bien une chose étrange.

Si le juge dort pendant les audiences, c'est qu'il ne dort pas la nuit.

L'accusé dit : « Juge, levez-vous! »

Passer en justice, c'est risquer d'avoir des ennemis jurés.

Lorsque les innocents eurent les mains pleines, ils furent déclarés coupables.

L'absurdité consiste à appliquer un fer rouge là où un pansement serait nécessaire.

En pays d'injustice, le juste est le plus soupçonné.

« Je suis juste, dit le Juste, et s'il m'arrive d'être injuste, c'est toujours avec équité. »

Qui est au-dessus de tout soupçon s'en fait un piédestal.

Pour tenter de justifier une injuste condamnation, cet homme commit des crimes.

Et l'accusé demanda l'indulgence de la cour pour son avocat.

Les châtiments excessifs amènent à excuser les fautes.

Il n'est rien de pire qu'un châtiment infligé par un coupable.

On est toujours la seconde victime de ses injustices.

La conscience du voleur serait de ne dérober que le superflu.

Proportionnellement à l'étendue des richesses, on vole moins qu'autrefois.

Un homme de paille a sa place sur celle humide des cachots.

La peur du gendarme est infiniment excitante.

Pour un bon avocat, qui vole un bœuf vole un œuf, et même ne vole rien du tout.

Les architectes des prisons devraient prendre les évadés pour conseils.

Il existe moins de prisons pour le corps que pour la conscience.

La sécurité cache toujours un verrou.

Le sommeil brise les barreaux du prisonnier.

Pourquoi le droit des uns implique-t-il le devoir des autres?

Il faut prendre soin de placer le cœur du débat dans le corps du délit.

Combien d'esclaves ont combattu pour la liberté du maître!

Nul n'est censé ignorer trois cent mille lois.

Seule l'ignorance des lois nous empêche de les contourner.

Hors la loi, mais laquelle?

Le meilleur rempart contre les mauvaises lois consiste à leur faire de la publicité.

Trop de lois multiplient celle de la pesanteur.

Pourquoi condamner à mort, puisque la nature a prévu cela?

Condamné à mort, l'assassin pensa qu'il se sentait désormais moins seul dans son état.

5

Les nations modernes ne sont pas assez civilisées pour se passer de la bombe nucléaire. Elles le sont assez pour en rougir.

La guerre est la multiplication du crime parfait.

« C'est de bonne guerre! » dit-on comme s'il existait de bonnes guerres.

Allégorie : la Guerre récitant son chapelet de bombes.

Il est des hostilités qu'on ouvre et qu'on ne referme jamais.

L'homme est cet animal qui ne rampe que dans la guerre.

Nul n'est plus combattant qu'un pacifiste.

Une armée peut vaincre une armée. Elle ne peut vaincre un peuple.

Gagnée ou perdue, toute guerre se réduit à une défaite de l'homme.

Chaque fois qu'un peuple se veut au-dessus de la mêlée, il n'est pas loin d'être submergé par elle.

Par crainte des vipères, on détruit les couleuvres : c'est là toute l'histoire de la guerre moderne.

Pour l'assaillant, il s'agit moins de vaincre que de détruire en l'autre ce qu'on ne peut atteindre en soi-même.

Certains voudraient que de la guerre, vice congénital, naissent des vertus.

Être toujours en retard d'une guerre devrait nous déterminer à être parfois en avance d'une paix.

La détente : lorsque les nations opposées s'y décident, c'est toujours un doigt sur la détente.

Le surarmement, c'est comme si on voulait tuer plusieurs fois le même.

Fermer les usines de la guerre, c'est ouvrir les greniers de la paix.

Lorsque la paix devient ennui, le spectre se profile.

Le nationalisme est l'impolitesse des nations.

La guerre, ce substitut du temps, est la créatrice de la ruine instantanée.

Généralissime : toujours « grand soldat ». Combien de petits soldats morts pour un grand soldat vivant?

Un guerrier est un homme qui met à mal pour mener à bien.

L'esprit de sacrifice est estimable s'il n'inclut pas le sacrifice d'autrui.

Méfions-nous : le prestige de l'uniforme conduit à l'adoration de la vareuse et du croquenot.

On appelle « méchant soldat » un soldat qui n'est pas méchant.

Mis au garde-à-vous, le conscrit se sentit esclave. Il entendit « Repos! », il avança le pied et ne sut sur lequel danser.

Selon l'opinion, l'armée est une « force de l'ordre » ou une soldatesque.

Il est à considérer que l'on meurt aussi bien pour des idées fausses que pour des idées justes.

La violence ouverte est reconnaissable. Aussi bien des violences se déguisent-elles en un calme trompeur.

Sous l'épée de Damoclès, comment faire comme si de rien n'était?

Les arguments frappants ne sont pas des arguments. Ils n'ont jamais frappé personne.

Les hommes se partagent en paumes ouvertes et poings fermés.

Un homme qui donne et qui ne veut pas recevoir, cela existe. Il porte généralement un bâton.

« Tous les hommes sont frères! » dit Caïn.

Un homme libre est autant un homme qui se refuse à commander qu'un homme qui refuse d'obéir.

Une image de la science : elle porte un couteau dans la main droite, de la charpie dans la main gauche.

Que la science nous protège d'elle-même!

La science a atteint un sommet : elle fabrique du néant.

On n'a jamais tant provoqué que depuis l'interdiction des duels.

Nées des accidents de l'histoire, les nations risquent de périr des accidents de la science.

6

Informer, c'est traduire l'informe.

Quand il y a pléthore de sang à la une, il se déverse de page en page.

A partir d'un point donné, ce n'est plus l'événement qui règne mais le corps typographique.

Il est de gros titres à la une du journal du soir qui se réduisent à de petits caractères dans le journal du lendemain matin comme si la vue du lecteur s'était trouvée améliorée durant la nuit.

Imaginons un journal où on lirait : « Aujourd'hui, nous n'avons rien à dire. »

« Les milieux généralement bien informés », c'est le « on » tiré à la ligne.

Les bruits sont toujours ~~faux~~.

Il est des bruits qui courent si vite qu'on se demande comment ils peuvent s'arrêter dans les oreilles.

Il est des événements qu'on connaît par haut-le-cœur.

On croit diffuser l'information, on la disperse.

Parce qu'on n'ose plus nommer le désordre, il devient « un ordre différent ».

Certains regardent le petit écran librement – comme on se met librement en esclavage.

Passer à la télévision, c'est se sentir nu comme au conseil de révision.

A chacune de leurs bévues, il est des présentateurs qui croient enrichir la langue.

Au temps des enregistrements, les paroles ne s'envolent plus, mais elles ont pris de la lourdeur.

L'étrange jeu de cache-cache de la radio est qu'on se dissimule derrière sa voix alors qu'elle vous met à nu.

Les hommes établirent tant de modes de communication qu'ils oublièrent ce qu'ils avaient à communiquer.

Avant la séance télévisée, la maquilleuse efface le brillant de notre peau. Pour le brillant de notre esprit, ce n'est pas toujours nécessaire.

On recherche grands hommes pour petit écran.

Radio : la plage sonore dilue l'inanité du propos.

Tout le monde parle. Tout le monde écoute – mais n'écoute que lui-même. On appelle cela la communication.

Et si toute cette mécanique faite pour arracher l'homme à la solitude l'y rejetait irrémédiablement?

Où fut le peuple, resta le public.

7

Incapables du moindre exploit, certains nous exploitent.

Lorsqu'un financier fait « travailler son argent », on peut se demander à la sueur de quel front.

La fortune vient en endormant.

Un actionnaire est toujours bénéficiaire de l'action d'autrui.

L'aspect véreux de certains hommes d'affaires leur donne un caractère d'authenticité.

Le capitalisme soumet la nature à l'homme et les deux à l'absurde.

Si les riches se déguisent en pauvres, c'est parce qu'il leur faut aussi la pauvreté.

Beaucoup se flattent de vivre de ce peu qui serait le prou de tant d'autres.

Ceux qui ont tout voudraient aussi qu'on les plaigne.

On reconnaît un mauvais riche non à ce qu'il boive du champagne ou en offre, mais à ce qu'il oublie de porter la santé.

Rien de tel que les choses promises pour rester à l'état de choses dues.

Le superflu des uns est toujours le larron du nécessaire des autres.

Problème : combien faut-il de pauvres pour faire un riche?

L'extrême richesse et l'extrême pauvreté ont en commun de détruire les États et les hommes.

Ces puissants qui feignent de protéger les arts parce qu'ils en ont peur.

« Œuvres d'art », disent-ils et ils pensent : « Placements de fonds ».

Le plus estimable des Mécènes serait un Mécène pauvre.

Une possession non partagée est une possession morte.

Est-elle vraiment charité celle qui choisit ses pauvres?

Demandez-le aux sans-emploi si le temps c'est de l'argent.

La dilapidation est la morale de l'héritage.

Les loteries seraient morales si les lots consistaient en d'autres billets de loterie.

La loterie serait nationale si les lots seraient nationaux

Lorsqu'un commerçant affirme que « le client est roi », méfions-nous de la guillotine.

La publicité est ce qui transforme un sportif en homme-sandwich.

Où l'on parlait de changer l'homme, on ne parle plus que de changer d'automobile.

On ne crée le superflu que pour faire oublier le nécessaire.

Certains nomment « la banlieue planétaire » comme s'ils rêvaient d'y implanter des bidonvilles.

Et le jour où l'on dira : « Tout est consommé! »?

L'urne
et le cratère

1

La politique, comme la météorologie, est cet art de prédire fondé sur de belles éclaircies qui durent plus ou moins longtemps.

Gouverner, c'est prévoir le pire.

On ne saurait bien gouverner sans tirer parti de l'intelligence des uns et, tout autant, de la sottise des autres.

Gouverner, c'est cesser d'être libre.

Sur le chemin des grands projets, mille écueils, ceux qu'on ne trouve pas sur la sente des petites ambitions.

Accumuler de petits projets ne suffit pas pour en édifier un grand.

Le grand dessein est l'ogre des petits projets.

Les petits projets jonchent le chemin des cadavres de modifications inutiles.

Dans l'espoir de leur faire rendre l'âme, les petits esprits taxent les grandes idées d'extravagances.

Sans la pensée et le savoir, la décision est orpheline.

C'est à coups de petites concessions que se détruisent les grands édifices.

Nul ne saurait construire sur des ruines sans s'assurer de leurs fondations.

Aucune politique libérale ne se passe de vouloir gouverner la liberté.

Toute assemblée politique se compose de conservateurs masqués et de révolutionnaires prudents.

Détruire ce qui détruit, c'est construire.

Améliorer, c'est créer.

Cherchons toujours si l'inapplicable n'est pas applicable à autre chose.

Vous aurez beau déguiser le passé, vous n'en ferez pas un avenir.

Quand un État déconseille, il n'est pas loin d'interdire.

Être l'âme d'un État n'interdit pas les états d'âme.

Il est des lois qu'une politique invente sans imaginer qu'elles puissent se retourner contre elle.

En politique, il est un art qui consiste à faire passer les compromissions pour des compromis.

Pour les gouvernants, décentraliser consiste à créer des satellites autour de leur soleil.

Certaines affaires sont à ce point courantes qu'on peut se dispenser de les suivre.

Il est fort curieux que le peuple délègue des pouvoirs dont il n'a jamais eu l'exercice.

Selon le protocole, on n'interroge pas un prince. Mais lui s'interroge-t-il?

Pour témoigner de l'humanité des princes, on se fie tout autant à leurs égarements qu'à leur démagogie.

Le désintérêt est la mauvaise excuse de l'incapacité.

Le seul moyen de ne pas être traité d'ancien combattant est de continuer à combattre.

Un homme irremplaçable est un homme un peu plus long à remplacer.

Il suffit d'un frémissement pour que « notre bon peuple » devienne la vile populace.

Au libéralisme des forts correspond l'absolutisme des faibles.

Être modéré, c'est reculer pour ne jamais sauter.

Les indulgences du pouvoir sont les remparts de son inflexibilité.

Se dire responsable de tout a cet avantage de vous dispenser d'être responsable de quoi que ce soit.

A un point donné de la corruption, certains se croient incorruptibles.

Faites d'un courtisan un favori, il aura bientôt sa propre cour.

La plupart des hommes politiques ont plusieurs cordes à leur arc, mais pas de flèches.

En politique, les plus revenus de tout sont ceux qui ne sont jamais allés nulle part.

Se montrer autoritaire reste le moyen le plus sûr de perdre toute autorité.

Tel homme de politique n'est supérieur à sa fonction qu'à condition de la rabaisser.

La difficulté pour un homme public est, s'il se sent un être d'exception, de paraître ordinaire, ou, s'il est ordinaire, de se présenter comme un être d'exception.

Tout l'art du politique consiste à adhérer aux parois tout autant qu'aux paroisses.

L'Europe est ce puzzle facile dont une fatalité absurde ne permet pas d'assembler les parties.

2

Persuader, c'est vaincre sans qu'il y ait de vaincu.

Ce n'est pas avec des opinions qu'on peut convaincre, mais avec des convictions.

A l'opinion, il appartient d'être opiniâtre.

Une manière de persuader est d'utiliser à bon escient la force du refus.

La difficulté est de concilier un esprit en mouvement avec des opinions arrêtées.

Il est des opinions qu'on loue pour ne pas les partager.

La parole politique peut être comparée à un masque qui révélerait le visage réel.

En politique, l'homme qui parle est l'ennemi naturel de celui qui écoute.

Lorsqu'on ne peut pas mieux dire, il faut chercher si on ne peut pas mieux faire.

Avoir le courage de ses opinions, certes, mais à condition d'avoir des opinions courageuses.

Un tribun dépasse rarement autre chose que son temps de parole.

Le débat politique suscite plus de Raminagrobis que de Salomons.

Certains n'accordent la parole que pour mieux réduire au silence.

Affirmer qu'une idée est contestable, c'est déjà la contester.

Certaines éloquences sont gesticulaires comme des moulins à vent qui se prennent pour Don Quichotte.

Il est des duels de l'éloquence où l'on se tient dos à dos pour ne piquer que le vent.

Tel décida de revendiquer l'impossible. En cela, il fut un farouche opposant.

Deux adversaires ont souvent le tort d'avoir tous les deux raison de manière différente.

Un adversaire est un disciple par opposition.

La difficulté pour un homme politique est de jouer juste sur un instrument désaccordé.

Affirmer son respect de l'adversaire, c'est en attendre quelque retour.

Si nous jetons une bouteille à la mer, ne la remplissons pas de cailloux.

On se massacrerait pour une nuance alors que les couleurs violentes sont supportées.

Tout discours lénifiant cache des menottes.

La polémique perpétuelle rend idiot.

Certains ne sont affirmatifs que dans la négation.

Il est des manifestes signés de bonne foi et qui sont les déguisements d'autres manifestes qu'on ne signerait pour rien au monde.

Il est courant de protester à propos d'une iniquité pour en masquer une autre.

Nous appelons « incapables » ceux qui ne parviennent pas à réaliser ce que nous n'osons entreprendre.

La condition de vaincu est pour beaucoup la position la plus confortable.

Les hommes politiques battus sont des gens qui attendent leur vainqueur au tournant de l'Histoire.

Durant les embouteillages de la parole, beaucoup garent leurs idées en double file.

Il est d'excellents généraux d'idées mais qui choisissent mal leur champ de bataille.

Prenons garde de ne pas oublier que toute majorité est composée de minorités agglomérées.

Les marchands de poudre aux yeux font fortune en suscitant des cécités inguérissables.

Nous croyons jouer un double jeu, nous ne faisons que répandre un double je.

A défaut de victoire, une bonne résistance rend la victoire de l'autre ridicule et notre défaite honorable.

La réputation de risque-tout qui est celle des risque-riens.

Une règle est de ne rien faire de ce que l'on annonce et de ne rien annoncer de ce qu'on fera.

Pour un Montesquieu, on rencontre cent Machiavels.

Lorsque le conducteur des débats annonce : « Enchaînons! », on se demande qui portera les chaînes.

On entretient cette illusion de croire que « la postérité jugera » alors qu'il s'agira seulement d'une poignée de politologues.

3

Les trois phases d'une politique : promettre, ne pas tenir, expliquer qu'il y a mieux à faire.

Une seule promesse tenue peut faire oublier les autres.

Et l'électeur glissa son bulletin de vote dans l'urne funéraire.

Comme les cendres, les lieux communs emplissent les urnes.

Un candidat est trop paresseux, son concurrent trop travailleur. Chercher lequel des deux apporte le plus de risques.

Le vote, c'est la politique du moins pire.

Certains électeurs croient que s'ils votent pour tel candidat ils n'auront plus de rhumes.

L'utilité du suffrage universel est de persuader l'électeur qu'il est quelqu'un d'important, et il l'est. Jusqu'au vote.

Il est action pire que d'ôter le droit de vote au citoyen, elle consiste à lui ôter le désir de voter.

Pourquoi ne pas faire voter les morts puisqu'on appelle toujours « les grands morts » à la rescousse.

Ces députés qui ne peuvent s'empêcher de confondre une élection avec un sacre.

La réussite d'une propagande politique, c'est quand le sentiment général se contente de généralités.

Le candidat affiche ses idées. Il affiche aussi son portrait, ce qui est dangereux : les traits du visage démentent si facilement les paroles!

Le succès ou l'échec d'une manifestation dépend moins du nombre de participants que de la manière de les compter.

« Nous préparons le troisième millénaire! » annoncent-ils en songeant aux élections du mois prochain.

Chaque parti porte en son terreau la graine de tous les autres.

Un parti, dès qu'il tient les rênes du gouvernement, se décolore comme une chemise au lavage.

Lorsqu'on vous demande si vous êtes de droite ou de gauche, renvoyez la question à votre tailleur.

Comme les rois jadis touchaient les écrouelles, le candidat serre les mains pour guérir le virus de ses opposants.

Tout l'art des girouettes consiste à tourner plus vite que le vent.

S'opposer n'est autre que proposer. Une opposition sans proposition n'est qu'un mouvement d'humeur.

Méfions-nous de ceux qu'on appelle les sages. Ils le sont par manque d'opinion.

La plupart des hommes politiques se font passer pour des négociateurs alors qu'ils ne sont que des négociants.

Tel tendit un fil d'équilibriste, feignit de l'avoir inauguré et attendit que l'imprudent s'y aventurât.

On commence par des bains de foule et l'on finit par faire le trottoir.

Quand l'homme politique nous parle de son éthique, n'oublions pas son étiquette.

Prenons garde à ceux qui parlent de changer le monde alors qu'ils ne modifieraient pour rien au monde leurs habitudes.

4

Les Français sont ces gens impossibles qui répètent qu'impossible n'est pas français.

Les Français adorent la hiérarchie tout en souhaitant l'ordre alphabétique.

Les Français sont des légitimistes qui ont horreur des gens en place.

Les Français sont des sceptiques qui ne peuvent se passer de dogmes.

Les Français sont des républicains qui adorent les monarques.

Les Français, persuadés qu'ils descendent des Gaulois, se sont modelés à l'image vague qu'ils s'en font.

Si ce que pense chacune de la moitié des Français de l'autre moitié est exact, il y a en France cinquante et quelques millions d'imbéciles.

Le désordre convient fort bien aux Français; il force leur imagination.

Si les Français sont des veaux, ils fournissent des bœufs de labour et des taureaux de combat.

Ils sont des millions de Français qui adorent la France, mais ce n'est jamais la même.

La France est la fille aînée de l'Église, ce qui tend à devenir le cadet de ses soucis

5

Le sommeil de la révolte fait les peuples fatigués.

L'ordre est le terreau favori du désordre.

Il en est qui renversent les trônes quand plus personne n'y est assis.

Révolution : bien agiter avant de s'en servir.

Ils parlent de donner des libertés au peuple, mais prennent bien soin de lui en imposer leur choix.

Si vous voulez notre bien, ne nous en dictez pas une conception qui nous est étrangère.

Se libérer pour envahir, est-ce se libérer?

Certains « libérateurs » n'ont pour but que de contraindre d'une autre manière.

Quand le peuple descend dans la rue, il monte à la révolte.

Prenons garde à ceux qui nous protègent : ils trouvent là une autre manière de s'assurer l'exclusivité de la contrainte.

Révolution : toujours trahie.

On concède la liberté en gros pour contraindre dans le détail.

Tel édifia une théorie de la liberté pour en faire oublier la pratique.

La différence entre la république et la monarchie, c'est que dans la première les citoyens sont librement assujettis.

Nous prônons l'égalité, mais sans honnir les privilèges.

L'évangile de l'égalité est toujours selon saint Procuste.

Différence est le nom donné à l'inégalité par les gens que cela arrange.

6

Quand nous ne sommes ni en paix ni en guerre, nous sommes en guerre.

Délicieuse serait la grande peur de l'an deux mille si nous étions assurés de vivre jusque-là.

L'Amérique a été découverte il y a cinq siècles, l'Europe il y a fort peu de temps.

La difficulté est d'accoucher un monde vivant d'un monde mort, de l'arracher à la contagion du cadavre.

Nul n'est prophète en son pays s'il n'en brise les frontières.

Être citoyen de soi-même prédispose à l'être du monde.

Certaines nations préfèrent péricliter dans l'ordre que de s'épanouir dans le superbe grouillement de la vie.

Lorsque nous ne dominons pas le présent, nous nous empressons de gloser sur l'avenir.

Attachés au bourbier quotidien, certains hommes agissent comme si le futur était déjà démodé.

Les orateurs nous parlent du troisième millénaire comme s'il devait durer cent ans.

De quel peuple serons-nous les primitifs?

« Lorsque nous basculerons dans le XXIe siècle... », dit cet homme politique comme si le nôtre était une poubelle à vider.

Les aventures du temps

1

Le Temps console de tout – sauf du Temps.

Avec qui passer le temps si ce n'est avec le Temps lui-même?

Le Temps qui cicatrise les plaies, par compensation, creuse les rides.

On parle de tuer le Temps comme s'il avait besoin de nous pour cela.

Qui tue le Temps n'assassine que lui-même.

Le temps perdu ne se rattrape jamais. L'autre non plus.

Le Temps, agglomérat d'instants. Cependant certains sont rares.

Nous n'agissons pas pour tuer le Temps mais pour qu'il ne nous paraisse pas tout à fait mort.

Le Temps, bien plus qu'il n'use le mal, l'aide à limer le bien.

De notre temps mal employé, nous avons à peu près l'âge.

Nous tentons de vivre comme si nous étions immortels, mais sans perdre de temps.

Pour aller de rien à rien, que d'espace et de temps!

J'ai tout le temps derrière moi.

Attente : attentat du temps.

A remplacer le temps de la nature et des saisons par celui des horaires, nous écourtons notre vie.

Nous ne saurions être de notre temps si nous ne prenions quelque avance.

Dans la coulée du temps glissent tant de mots dont nous ne savons faire une phrase.

Gagner du temps n'est jamais qu'une autre manière d'en perdre.

Ce n'est pas le temps qui nous donne raison mais quelque bonne circonstance.

Est-il trop tôt pour affirmer qu'il est trop tard ou trop tard pour affirmer quoi que ce soit?

Le Temps vide les crânes et emplit les bibliothèques.

Le Temps est un poète traditionnel qui fait semblant d'être d'avant-garde.

Ils occupèrent le temps de leurs loisirs à chercher comment l'occuper.

Ne rien faire demande tant de temps qu'il n'en reste guère pour faire quelque chose.

A défaut de conquérir le Temps, les grands capitaines durent se contenter de l'espace.

C'est le sable du désert qui coule dans le sablier du Temps.

Avant-hier, quand hier était demain. Aujourd'hui qui demain sera hier et après-demain avant-hier. Derrière ces évidences, le Temps semble nous jouer des tours à sa façon.

La réussite de tout spectacle, de toute lecture consiste à vous arracher à votre rythme pour vous imposer le sien.

Presser les fruits mûrs du Temps pour en extraire la liqueur de l'instant dont se nourrit la vie.

Arriver avec exactitude, c'est être en avance ou être en retard, mais sur quoi?

Consulter l'horloge, c'est se soumettre au déjà-vu.

Les présents du Temps sont insaisissables : le temps d'avancer la main, il a déjà fui.

L'autobiographie représente une tentative de retrouver tous ces êtres-soi disparus pour se donner l'illusion du temps réversible.

L'attente : entre l'absence et la présence, la contemplation du temps.

A temps plat, montres plates.

Certains hommes mettent le passé à la porte dans l'espoir de voir entrer l'avenir par la fenêtre.

La vénération du passé est celle d'un autre présent.

Nous ne savons jamais très bien ce que nous recherchons dans le passé : des racines ou de la pourriture?

Les présents du passé sont les présents d'autres présents.

Le grand défaut de l'immortalité, c'est de fuir l'individuel.

On se console d'être en retard en se disant qu'on est en avance sur autre chose.

Si un événement se fait trop longtemps attendre, nous nous persuadons que nous pouvons nous en passer.

L'espoir fait vivre, dit-on, mais moins volontiers celui qui espère que celui qui donne à espérer.

« Je n'ai pas dit mon dernier mot! » – Tant mieux pour vous!

Son dernier mot, il n'en savait pas le premier mot.

Grands hommes, si vous ne dites pas votre mot de la fin, vous risquez que quelqu'un le dise à votre place.

Un mot de la fin : « Le Temps a déserté mon horloge. »

2

La vie est un jeu de mots dont l'à-peu-près nous contente.

La vie est une longue phrase peu ponctuée, mais avec beaucoup de parenthèses.

La vie est un composé de défenses absurdes et d'assauts inutiles en vue d'une guerre que nul ne peut gagner.

Le vouloir-vivre ne se remet pas au lendemain.

Vivre est ce long apprentissage où nul ne souhaite obtenir le diplôme de fin d'études.

Entre le berceau et la tombe, nous traçons un trait d'union : notre vie.

La vie assure la permanence d'une tautologie.

La vie est un foyer qu'il faut ranimer chaque matin.

Nous croyons rater notre vie quand c'est notre vie qui nous rate.

La vie, c'est comme les caisses d'emballage. Il y a le haut et le bas, avec, entre les deux, l'inscription Fragile.

La vie embue les miroirs.

Une image de l'immobilité : la vie courante.

Certains parlent du « mal de vivre » comme s'il s'agissait d'une rage de dents.

Nous cherchons des raisons de vivre quand la vie est au-delà de la raison.

La vie est un scénario dont le comédien tente en vain d'être l'auteur.

Il est singulier de constater que les hommes n'eurent jamais d'aussi hauts desseins que lorsque leur espérance de vie était courte.

3

Combien auront été les contemporains du bonheur et du malheur sans jamais les rencontrer?

Ne célèbre pas vraiment la fête qui songe à ses lendemains.

Puisque les lendemains sont toujours remis au lendemain, inventons un aujourd'hui qui chante.

Lorsque nous sommes las du train-train quotidien, nous ne faisons qu'inventer d'autres habitudes.

Le souvenir c'est parler de nos rêves

Le souvenir est la mémoire des âmes tendres.

Le regret pleurer nos remords

Si la mémoire nous trahit, elle a du moins le mérite d'éviter d'autres trahisons.

Oublier le présent est une manière de mépriser l'avenir.

Quand le passé est présent, le passant est pressé.

L'oubli peut être l'instinct énergétique du présent.

Destination Destin, mais par quel itinéraire?

Les souvenirs que nous nous préparons sont ceux que nous oublierons ou déformerons le plus sûrement.

L'imagination du souvenir est la contrepartie de celle qui nous fait défaut.

Les regrets sont les preuves du bonheur entrevu.

Oublier est une des manières d'agrandir le vide.

Comme disent les noctambules : « Rien de nouveau sous le soleil. »

Ceux qui affirment que « c'était mieux avant » et qu'après « ce sera pire » pensent plus volontiers à la dégradation de leur existence qu'au sort général de l'humanité.

L'optimisme est l'art de se trouver heureux d'un état futur improbable.

L'ennemie de l'avenir se nomme satisfaction.

La mémoire est tantôt corne d'abondance, tantôt poubelle.

Les anniversaires ont été inventés pour pallier les insuffisances de la mémoire.

Le Destin, c'est l'homme s'usant contre l'inusable.

4

La naissance est un blanc-seing donné à la destinée, et déjà de noir encadré.

Toute naissance s'accompagne d'une double punition : condamnation aux travaux forcés, condamnation à mort.

Pour naître, n'attendons pas la mort.

Ce n'est pas le temps, mais le conformisme qui tue chez l'adulte l'enfant qu'il portait en lui.

Parce que nous sommes majeurs à dix-huit ans, nous croyons le rester toute notre vie.

Il faut que jeunesse se passe – mais de quoi?

L'âge innocent est celui où l'on n'a pas encore conscience de sa culpabilité.

Chaque âge a ses plaisirs, mais les plaisirs d'un âge autre que le nôtre sont les plus exquis.

Écrire un jour notre âge avec trois chiffres, voilà notre modeste ambition.

A peine a-t-on fini de répéter « Quand je serai grand... » qu'il faut dire : « Quand j'étais jeune... »

Si le vieillard aime tant les enfants, c'est parce que leur croissance évoque un vieillissement plus rapide que le sien.

Il faut s'efforcer d'être jeune comme un beaujolais et de vieillir comme un bourgogne.

Si l'adolescence est l'inquiétude du long chemin, le grand âge est celle du temps rétréci.

Il faut oser perdre la jeunesse pour mieux la retrouver.

Le poids des ans, c'est la poix des ans.

Le véritable art d'être grand-père est celui de refuser l'état de gâtisme dans lequel nous met la présence du petit enfant.

Il vaut mieux ne pas dire « De mon temps... », on vous croirait mort.

disait

Lorsque nous nous rajeunissons par trop, nos interlocuteurs forcent la tare.

Le jour de son anniversaire c'est la naissance d'un temps passé

La jeunesse est bien courte, la vieillesse est bien longue mais entre les deux quelle est la distance

---

5

La nature fait bien les choses, mais elles s'usent trop vite.

Certains matins, notre miroir est plein de rides.

Être mûr, mais pour quoi?

On ne vieillit que par fragments. Les plus habiles peuvent ainsi dissimuler.

S'habituer à vieillir nous délivre d'être vieux.

Vieillir, c'est avoir peur de vieillir.

Vieillir, c'est réapprendre à dire non comme au temps de l'adolescence.

Vieillir, c'est perdre la mémoire immédiate pour retrouver la mémoire ancienne.

Vieillir, est-ce du temps perdu ou perdre son temps

Ajouter les désirs insatisfaits aux désirs insatisfaisables, c'est calculer son âge.

Les hommes emploient la seconde partie de leur vie à regretter et à magnifier la première.

Lorsque les inconvénients du voyage l'emportent sur le plaisir qu'on y prend, c'est qu'on est vieux.

Nous croyons user de la vie quand la vie nous use.

L'idéal serait de se situer « hors d'âge » comme un vieil alcool.

Il suffit à ce nouvel académicien d'être appelé « immortel » pour s'apercevoir qu'il ne l'était pas.

Pourquoi parler d'immortalité quand on est mort

Les gens qu'on dit d'expérience ont cette particularité de ne plus tenter d'expériences.

Atteindre le grand âge, c'est constater comme on écrit l'histoire.

L'administration numérote les âges pour ajouter des insultes aux méfaits du temps.

Un jour vient le temps où la jeunesse n'est plus un fait, mais une décision.

La vieillesse, c'est le temps où les anniversaires ne sont plus des fêtes.

Un vieillard est un homme déchargé d'ans.

Comme le sage, laissons passer les jours sans les compter.

Dans la navigation humaine, on commence par se vouloir un pirate libre et on finit par devenir un corsaire enrôlé.

La distraction des vieillards naît de la nostalgie du temps où ils étaient de jeunes étourdis.

Si l'on n'est plus que l'ombre de soi-même, on se console en pensant que le soleil nous éclaire encore un peu.

La vieillesse est cette punition qui fait semblant de passer pour une récompense.

Le temps, c'est de l'argent – sur les tempes.

Le grand âge est celui où l'on parle de ses amis au passé. Parfois au présent. Quand on est seul.

Tel vieillit fort vite, n'ayant que cela à faire.

A partir d'un certain âge, on ne dort plus. On s'exerce à mourir.

Vieillir, ce n'est pas s'essouffler en montant un escalier, c'est s'apercevoir qu'on s'essouffle.

La vieillesse est cette échéance dont l'homme se plaît à faire une déchéance.

Vieillir est facile, mais savoir vieillir!

Les amis qu'on retrouve après une longue séparation et qui affirment que nous n'avons pas changé méritent une paire de lunettes ou une paire de gifles.

Passé un certain cap, chaque être est un cimetière plus ou moins joyeux.

Si tu te sais vieux, sache que tu risques de le devenir plus encore.

Vieillir c'est enterrer les gens qu'on aime

La difficulté du grand âge : il n'est plus possible de se conduire en jeune homme et il faut éviter les manières d'être du vieillard.

C'est lorsque tout est joué qu'il faut jouer encore.

Naguère, quand jadis était naguère...

Il affirme qu'il est septuagénaire comme s'il s'agissait d'un grade.

Ne pas prendre un sucrage de fraises pour un tremblement de terre.

L'existence humaine est comme un roman policier dont on aurait arraché les dernières pages.

Vous verrez ce qui vous attend – et c'est justement ce que vous n'attendez pas.

Ce que l'on apprécie chez le centenaire, c'est l'espoir de l'imiter.

La consolation du centenaire qui a perdu tous ses amis, c'est qu'il a aussi perdu tous ses ennemis.

La Vieillesse est un roman de série noire qui ne fait que commencer

Les secrets des centenaires provençaux sont une publicité pour l'huile d'olive.

« Être ou ne pas être... », murmura le centenaire et il mourut dans un éclat de rire.

"ETRE ou n'est pas être" Tel est la vieillesse.

6

Avoir l'âge de ses artères : non pas la consolation, mais le drame.

Artères : toujours présumées plus jeunes que nous.

Du gris au blanc tout le noir se fond. Nos cheveux au sommet de nous-mêmes, ces témoins de nos métamorphoses.

Recette pour rajeunir : se teindre les cheveux. Autre recette : ne pas les teindre.
Pour Vieillir : laisser les cheveux se teindre

Qui perd ses cheveux en retrouve sans cesse, mais ailleurs que sur sa tête.

Ne respectant pas ses propres cheveux blancs, il les teignait à la couleur du deuil de ses années.

Rien de tel que les chauves pour insulter vos cheveux blancs.

Ride : pli confidentiel – ou qu'on voudrait tel.

On prend pour sa personne les respects qui ne s'adressent qu'à l'âge.

Quelle tristesse que ces belles jeunes filles qui croient nous faire plaisir en nous témoignant du respect!

La coquetterie consiste aussi bien à dire son âge qu'à le cacher.

7

Mourir comme avant d'être né.

« Il ne s'est pas vu mourir... » Aurait-il été aveugle sa vie durant?

Mourir de mort surnaturelle.

Où? Quand? Comment? Les trois questions de la mort.

Nous croyons quitter la vie et c'est la vie qui nous quitte.

Tel était si joyeux qu'il poussa son dernier soupir vingt ans avant de le rendre.

Mourant de sa belle mort, il la trouva laide.

La mort : faux et usage de faux.

Les pierres tombales : ces presse-papiers qu'on pose sur les morts pour qu'ils ne s'envolent pas.

Tel qui fait le mort dans l'espoir d'une épitaphe.

Nous sommes les hôtes de tout ce qui meurt durant le temps de notre vie.

Le plus difficile est de mourir jeune dans son grand âge.

Quand ils vous disent : « Vous avez réussi! », il est loisible d'entendre : « Vous pouvez mourir! »

Point ne sert de vivre longtemps s'il s'agit de vivre mort.

Certes, nous aimons le repos, mais pas au point de le vouloir éternel.

En pays de glace, qui s'interroge est déjà mort de froid.

Ce qui disparaît, toujours autre chose en prend la place, mais ne le remplace pas.

Certains sont à l'écoute des morts pour ne pas entendre les vivants.

Regarde-toi vivre, tu ne tarderas pas à te regarder mourir.

Qui regarde fixement la mort voit le soleil.

La mort nous coupe l'herbe sous le pied pour la poser sur notre ventre.

Et si, pour les revenants, les vivants étaient des fantômes?

Si « la gloire est le soleil des morts », elle réchauffe tellement mieux les vivants!

Lorsque nous observons une minute de silence, nous faisons semblant d'être morts.

Cette aïeule disait « mes morts » comme si elle les avait tués.

La mort : cette note de musique à placer sur la portée de notre âge.

La vie fait l'analyse, la mort se charge de la synthèse.

Toute salutation des choses est lutte contre la mort.

Nous n'admirons que ce qui peut durer. Nous n'aimons que ce qui doit mourir.

Qui pleure la mort de l'autre pleure la sienne par anticipation.

La mort, c'est le destin puni.

Que la terre me féconde! Je le lui rendrai un jour.

Nous craignons moins la mort que son mystère.

La Mort, dit-il, ne m'aura pas vivant.

Mort de peur de la mort.

Ma mort : je quitte ce qui me quitte.

Tel dicta ses dernières volontés qui n'en eut jamais aucune.

Il rédigea son testament, se sentit en état de bien mourir, et, effrayé, le déchira aussitôt.

Tout testament commence par un hiatus : « Ceci est... »

Tandis que le notaire lisait son testament, le mort souriait dans sa tombe : on l'écoutait enfin.

Tel se fit incinérer pour montrer qu'il ne croyait pas à la résurrection des morts; tel autre fit de même pour la raison contraire.

Un mort a autant de tombes que d'amis vivants.

Ami mort, je te croyais mon témoin; je suis le tien désormais.

Le bien que l'on dira de nous après notre mort nous consolerait du mal que l'on dit de notre vivant si cela durait aussi longtemps.

Oublier un ami mort, c'est l'enterrer deux fois.

8

Le suicide est cette lâcheté qui demande tant de courage.

Une image du suicide : on éteint un poste de radio et on croit détruire l'émetteur.

Pour le pessimiste, panacée est synonyme de suicide.

Se souvenant que le temps c'est de l'argent, il joua sa durée à la roulette russe.

Par souci d'exactitude, tel se suicida le jour de son anniversaire.

La corde est une idée à laquelle il vaut mieux ne pas s'attacher.

Cherchant la cause qui pouvait le conduire au suicide, il n'en trouva d'autre que lui-même. Cet objet lui parut si frivole qu'il se détacha de son projet.

Quand la mort est le but, le plus malade est celui qui se porte le mieux.

La meilleure forme de suicide est de tirer dans son miroir.

On a beau se pendre, on reste plus près de la terre que du ciel.

9

Que penser de cette Histoire qui se fait sans nous et qui restera pourtant notre histoire?

L'Histoire, c'est l'histoire des autres dont on veut faire la sienne.

Le livre d'Histoire naît de l'interprétation d'une histoire dérivée d'une autre histoire dans une filiation où toujours se perd quelque chose en chemin à moins qu'on ne l'orne de ce qui n'est pas historique mais tendra à le devenir.

Le paradoxe de l'Histoire est qu'on la fait avec des actes et qu'on l'écrit avec des mots.

Tous les moments sont historiques.

L'Histoire est ce vieux chewing-gum qu'on n'arrête pas de mâcher et de remâcher sans jamais en retrouver le premier goût.

Interroger l'Histoire, c'est déjà répondre à sa place.

L'Histoire n'efface les fards que pour mieux remaquiller.

L'essence de l'Histoire est gaspillée par son accélération.

Tout cela va dans le non-sens de l'Histoire.

Faire l'Histoire des faiseurs d'histoires.

On croit écrire l'Histoire, on développe une anecdote.

Dans le domaine historique, les fins heureuses ne sont jamais que provisoires.

L'Histoire tend à transcrire en aquarelle ce qui fut peint au couteau.

Extraire des fruits pourris de l'Histoire l'alcool de l'espérance.

La meilleure Histoire serait celle des rêves brisés et des utopies détruites.

L'Histoire, ce mélange du vrai et du vraisemblable, du faux et du pas tout à fait faux, tient plus volontiers de l'adultère que du mensonge.

L'Histoire a pour but d'extraire la personne du personnage.

L'Histoire divorce de la Science, épouse l'Art et ils font un enfant nommé Roman.

Tous les mots sont historiques – à l'exception de certains « mots historiques ».

L'architecture est le seul livre d'histoire sans mensonge.

L'Histoire est un recours aux leçons du passé qui valent à peine pour le passé et qu'on veut mettre au présent.

Écrire l'Histoire serait-il prédire un avenir passé?

Dans les poubelles de l'Histoire, on ne cesse d'interroger les détritus que pour faire parler les cendres.

Le vent de l'Histoire ne sèche pas les larmes.

A tant excuser les crimes de l'Histoire, on en prépare de nouveaux.

La paix, c'est le bâillement de l'Histoire.

Le sang à la une des livres d'Histoire éclabousse les visages des enfants.

Histoire-fiction : les historiens ont tant de mal à suivre qu'ils tentent de précéder.

Le probable est le mastic de l'historien.

Le travail de l'historien consiste en partie à questionner les documents et en partie à faire parler leur absence.

Si l'on ne refait pas l'Histoire, on se demande bien à quelle activité se livrent la plupart des historiens.

Quelle tâche pour l'historien que de reconstruire cette demeure dont on ne possède pas tous les matériaux.

Ainsi, maints historiens reconstruisent en ciment ce qui fut édifié en pierre de taille.

Tout l'art de l'historien consiste à faire oublier la fiche.

La plupart des batailles ont fait couler plus d'encre que de sang.

Trop de livres d'histoire! Mais il est tant d'Achilles qui n'ont pas trouvé leur Homère...

L'homme est le chanteur des vieux exploits comme pour conjurer des exploits nouveaux.

Cette idée que les hommes d'hier étaient plus valeureux que les hommes d'aujourd'hui ne nous désespère pas assez pour que nous ne puisions là une sotte idée : celle de notre supériorité sur les hommes de demain.

Ne teintons-nous pas d'un rien de condescendance notre admiration des hommes du passé?

Lorsque nous affirmons que la postérité jugera, nous la préjugeons équitable.

Doit-on dire « les enseignements » ou « les renseignements » de l'Histoire?

Pour interroger le passé, nous imaginons des questions trop bien ajustées à des propos devenus artificiellement des réponses.

Toutes les civilisations commencent par des chansons de geste et se terminent par des chansons de salle de garde.

De la guerre de Cent Ans à la guerre de Trente Ans, puis à celle de quelques minutes, nous trouvons l'accélération de l'histoire.

Comme on n'en finira jamais d'écrire sur Jeanne d'Arc ou Napoléon, le Masque de Fer, le chevalier d'Éon et les faux Dauphins, il faut bien s'attendre à quelques redites.

Ces historiens qui disent leur regret de ne pas avoir vécu en quelque siècle de prédilection et qui, s'ils y avaient vécu, en auraient regretté un autre.

Chaque jour étant un anniversaire historique, on ne voit pas pourquoi ils ne seraient pas tous jours fériés.

C'est avec les roseaux pensants qu'on fait les chênes qu'on abat.

Les amoureux exclusifs du passé ont la pensée qui voyage en calèche.

Insatisfait du présent, peu confiant en l'avenir, le lecteur cherche dans l'Histoire ce qui le rassure : un passé qui lui appartienne en propre.

« Qui nous délivrera des Grecs et des Romains? » demanda-t-il, et l'écho répondit : « Les Grecs et les Romains! »

La quête
du Paradis

1

Ainsi, Adam et Ève furent conçus avec toutes les armes de la tentation et nous pourrions distinguer là quelque rouerie.

Aurait-on créé la pomme pour qu'on ne la cueille point?

Première fable misogyne : Ève née de la côte d'Adam.

Adam et Ève furent coupables d'être végétariens. Ils auraient dû manger le serpent.

Peut-on appeler Paradis un lieu semé d'interdictions?

Adam et Ève, plus tard, affirmèrent avoir connu le Paradis mais ce n'était pas celui dont ils avaient été chassés.

Le Paradis est un territoire où l'oisiveté serait la mère de toutes les vertus.

La plupart des épicuriens iraient en Enfer dans l'espoir d'entrouvrir les portes du Paradis.

Il est des fêtes qui sont la parodie d'un Éden transporté en Enfer.

S'il existe des accommodements avec le ciel, n'en trouverait-on pas avec l'Enfer?

L'Enfer, c'est le Paradis du Diable.

Les cercles infernaux de la *Divine Comédie* procèdent d'un tel urbanisme qu'on s'y ennuie déjà.

L'Enfer étant les autres, le moi serait-il paradisiaque?

La meilleure suggestion qu'on puisse faire aux Églises est d'écarter l'idée du Pénitencier.

Si l'on vend son âme au Diable, c'est que Dieu n'en est pas toujours acquéreur.

« Ton âme, que veux-tu que j'en fasse? » dit le Diable.

La laideur est la franchise du Démon.

Ni chaud ni froid, ni oui ni non, le Purgatoire, cette invention de théologiens.

Nos démons ne seraient pas si familiers si nous n'étions de leur famille.

Comment être heureux en Paradis en sachant qu'il existe l'Enfer?

Le Paradis est un désir
Mais l'enfer n'est-il pas le résultat
d'un caprice.

Si le Paradis est après la Mort
la Terre est un enfer.
Vie

Un serpent, une pomme, un homme
une femme, Mon dieu que de sexe dans
le paradis,

2

Imaginons un Dieu qui ne croirait pas en lui-même. Il créerait le monde pour se prouver sa propre existence.

Dieu a tout offert aux hommes, à l'exception de ce qui leur permettrait de le comprendre – à moins que le présent ne leur soit caché.

Que penser de cette idée d'un Dieu qui, nous ayant perdus, voyagerait dans l'immensité à notre recherche?

Imaginons le Grand Inventeur : il a oublié son invention et son objet. La retrouvant après des années-lumière, il s'étonne que son invention ne l'ait pas oublié.

Dieu reconnaîtra les siens – et fera la grimace.

Dieu a vu si grand qu'il nous a faits infiniment petits.

Le péché est ce défaut de fabrication qu'on impute à l'objet plutôt qu'à la manufacture.

Dieu est une solution qui multiplie les problèmes en feignant de les résoudre.

Certains ne croient en Dieu que par temps d'orage.

Nous vivons dans un entourage de choses que nous jugerions impossibles ou miraculeuses si nous les regardions encore ou si elles n'existaient pas.

« Dieu est mort! » – de fatigue?

Dieu invente le cheval, l'homme le collier – et le Destin poursuit sa route.

3

Telle la jurisprudence, les miracles sont une manière de tourner les lois.

Le miracle serait qu'un miracle se reproduise.

Les miracles n'ont lieu qu'une fois – et encore!

Nous sommes entourés de ce miracle : des miraculés sans miracle.

Lorsque cessèrent les miracles, ce sceptique commença à croire en Dieu.

Les miracles apparurent comme un argument publicitaire destiné aux tièdes et aux athées.

Le théologien se demanda : « Et si les miracles étaient du Diable? »

Un miracle? Il faut le croire pour le voir.

Tout est miracle – sauf certains miracles.

*

Pour qu'il en soit d'heureuses, il suffit de multiplier les prophéties.

Lorsque le hasard nous apporte ses faveurs, nous le baptisons du nom de Providence.

Nous pourrions chercher à partir de quels enfantements du hasard nous pouvons croire en la Providence.

Nous laisserons faire le hasard. S'il va dans un sens favorable, nous lui donnerons un autre nom.

Tel vit du hasard qui en la Providence espère.

La Providence pourrait bien être un nom de compagnie d'assurances. En imaginerait-on une qui s'appellerait *Le Hasard*?

Qu'il s'agisse de « hasard objectif » ou de « Providence subjective », c'est comme si l'Inconnu nous adressait des signes.

La chance est cette voleuse qui n'offre à l'un qu'après avoir pris à l'autre.

Certes, il faut aider la chance, mais, dès lors qu'on l'aide, est-elle encore la chance?

Nous espérons du hasard, nous prions la Providence et « le petit bonheur la chance » répond parfois.

Ce que nous souhaitons avec force finit toujours par arriver, mais trop tard.

Qui ne croit pas au hasard n'est pas éloigné de croire en Dieu.

Il est des gens qui se plaignent de ne jamais gagner à la loterie. Ils oublient de dire qu'ils ne prennent jamais de billet.

Par chance, il n'est pas que la chance.

4

Lisons les textes sacrés. Nous y trouvons tout ce que nous voulons y trouver. Mais avons-nous le droit de choisir?

Certains lisent les Évangiles comme on lit *Les Trois Mousquetaires* : avec le plaisir d'en trouver quatre.

Être un élu, mais pas au suffrage universel.

Cette brume d'un latin mal connu semblait dissimuler Dieu et les anges. Voilà que la messe fut dite en français. Sans la brume, la plupart n'y virent plus goutte.

Il n'est pas nécessaire de tendre l'autre joue : les gifles vont généralement par paire.

Une bonne croyance en Dieu tendrait à innocenter l'homme de ses crimes.

La plus parfaite croyance en Dieu ne ferait-elle pas naître l'incrédulité envers les hommes?

Si le Christ revenait sur terre, quelle religion choisirait-il?

Nos petites curiosités satisfaites sont la mince consolation du grand Pourquoi sans réponse.

Ce théologien pensait avoir deux âmes, une pour chacune des parties.

Nous nous demandons parfois si ne vient pas le temps où seul le Diable croit en Dieu.

On nous parle de la Divinité comme si elle procédait d'un apprentissage.

D'une profession de foi, ce jeune homme décida de faire une profession tout court.

Si nous vénérons les idoles, c'est parce qu'il s'y cache un miroir.

Au fond, nous n'aimons que les sacrifices qui ne nous immolent pas.

Une croyance peut affirmer aussi bien la certitude que le doute.

Qui met le monde en théorème ne peut prétendre qu'à la faveur de dieux mesurables.

On nous parle de « grands initiés » comme s'il en existait de petits.

Contre la guerre, les hommes inventèrent la religion. Puis ils commirent des guerres de religion. Et naquit une religion de la guerre.

Au cours de toute guerre de religion, le combattant veut tuer Dieu en l'autre et tue Dieu en lui-même.

5

Sous le néant, la genèse nous guette.

Nous pouvons imaginer le vide, pas le néant. S'il était le vide, ce serait dans quel vide?

Creuser le néant, mais dans quoi?

Nous croyons combler nos vides, nous les décorons.

Nous ne tuons jamais que les dieux auxquels nous ne croyons pas.

Certains perdent la foi sans se résoudre à abandonner ses conquêtes.

La plupart ne sont pas assez intelligents pour croire et pas assez bêtes pour ne pas croire.

Bien des hommes seraient croyants si on leur proposait un dieu pour eux tout seuls.

Pour ne pas désespérer leur prochain, combien de prêtres ayant perdu la foi miment la croyance?

Cet air de supériorité que les croyants et les athées affichent en commun permet de belles réjouissances.

On met toujours beaucoup de foi à prêcher l'athéisme.

Nous vivons au temps des athées superstitieux.

Ne sachant plus qui accuser de ses malheurs, l'athée s'en prend à Dieu.

Si Dieu était visible, l'athéisme deviendrait une foi.

L'athée est de tous celui qui pense le plus à Dieu.

Une image de l'œcuménisme serait le croyant et l'athée réunis à l'ombre d'un doute.

Les esprits forts ont la faiblesse de s'en tenir à une force sans esprit.

On ne saurait être sacrilège sans quelque croyance.

Le sacrilège porte moins atteinte à la divinité qu'à la foi de ses servants.

Dans une réunion de libres penseurs on écoutait les propos sacrilèges dans un silence religieux.

Il arrive que ce soit la profanation qui crée l'idole.

Si le Verbe est Dieu, l'homme serait-il sa conjugaison.

Si l'homme est l'être, Dieu est-il paraître

6

Aux innocents les mains pleines – mais de quoi?

Le démon de la pureté – non pas l'ange?

Les petits saints canonisent les grands.

La bonne fréquentation des églises dépend moins de la chaleur des prêtres que de celle des radiateurs.

Quand l'Église ressasse, la foi succombe.

Les travers dévots sont les vers de nos travaux.

Les Madeleines parfument les Évangiles.

Quel est le saint qui donna son manteau entier?

La matière, pierre, plâtre ou bois, vue comme aboutissement de la sainteté.

« Nous les sages, nous les justes... » Bientôt, « Nous les dieux » ?

Le pari de Pascal se situe entre Lourdes et Monte-Carlo.

Le monde moderne, c'est-à-dire quand les billes du flipper remplacent les grains du chapelet.

Continuons à dire « les choses de la religion ». Pas les trucs.

« Que Dieu te fasse mienne! » Ainsi parle le voleur de poules.

Nous avons volontiers la foi du charbonnier qui reste maître chez soi.

Le ciel est parfois si pur qu'on se demande si on le mérite bien.

A genoux devant Dieu, couché devant le psychanalyste, rampant devant qui?

Nous sommes les anges gardiens de notre prison.

Comment croire à l'égalité quand même les anges ont leur hiérarchie?

Ces pécheurs passent tant de temps à se morfondre et à se confesser, qu'on se demande où ils trouvent celui de commettre des fautes.

On se frappe la poitrine autant pour se persuader que pour s'accuser.

La prière est comme une lettre au Père Noël. Et si la demande était exaucée par tout autre que le correspondant?

Si toutes les prières étaient exaucées, pour quelques guérisons miraculeuses, que d'hécatombes!

Nous pouvons boire le calice jusqu'à la lie mais pas au-delà.

« Je me repens! » dit-il et on lui répondit : « Pends-toi d'abord.

L'artiste qui recherche des formes ne sait pas toujours qu'il recherche un Dieu.

Passé la foi reste la cathédrale.

Pour faire grand, il ne suffit pas de multiplier la toise.

Les Madones des œuvres d'art sont si belles qu'on oublie de regarder l'Enfant.

Prier devant une statue, c'est au moins honorer la pierre.

Ce qui gêne dans les représentations des anges, c'est qu'ils n'ont jamais l'air bien intelligents.

Les jeux
de la vérité

1

La Vérité sort du puits, mais pour aller où?

Pour que la Vérité sorte du puits, il faut bien qu'elle y retourne de temps en temps.

La Vérité sort du puits, de la bouche des enfants, etc. – si bien qu'à tant sortir elle n'est jamais là.

La Vérité, si chaste d'être nue, qui ne la préfère interprétant la danse des sept voiles?

Allégorie : la Vérité cernée par les vérités.

Si la Vérité est dans le vin, nous sommes entourés de buveurs d'eau.

Tel disait toujours la vérité, mais ce n'était pas la sienne.

Le plus difficile reste toujours à dire : la vérité.

S'il s'agit de vérité, ce sont les oreilles qui ont des murs.

« La vérité, toute la vérité, rien que la vérité... » – une répétition qui déjà la fatigue.

Fragilité de la vérité : il suffit d'un mot ajouté pour rejoindre l'autre versant.

Affirmer : « Je vais être franc! », c'est passer aux aveux.

Cliché, tel est le nom qu'on donne à la vérité quand elle nous dérange.

L'intuition n'est qu'une manière de rejoindre la vérité par une autre route.

L'expression pudibonde « contre-vérité » est une invention de Tartufe.

Rien n'est beau que le vrai. C'est trop beau pour être vrai. C'est trop vrai pour être beau.

S'il n'y a que la vérité qui blesse, à quoi sert le mensonge?

C'est « la vérité vraie » dit une expression populaire pour montrer qu'on n'a pas confiance en l'autre.

Une histoire vraie? Rien qui sonne plus faux.

On dit : « Ma parole d'honneur! » En aurait-on une autre?

Nos dialogues sont à la « je te crois si tu me crois ».

Le serment, dit le puriste, ne se donne pas, il se prête.

Une vérité nous semble moins vérité dès lors qu'un trop grand nombre la tiennent pour telle.

Ils nous disent nos « quatre vérités » comme s'ils ne savaient pas compter jusqu'à cinq.

2

Dans les provinces du vrai, il n'existe que le faux.

Véracité : autrement dit, mensonge.

Méfions-nous d'être trop dans le vrai, nous ne le verrions plus.

Ce qui n'est pas entièrement vrai est tout à fait faux.

Devoir s'expliquer, c'est déjà mentir.

Ce que l'on a « entendu dire » a des airs de mensonge.

L'ennemi du mensonge, c'est sa démesure.

L'ambiguïté, l'équivoque, ces terres entre vérité et mensonge sont plus proches du second que de la première.

Le mensonge est du masculin, la vérité du féminin. Faut-il en tirer conclusion?

Imaginer que la vérité et le mensonge soient plongés dans la même eau et chercher lequel déteindrait sur l'autre.

Un mensonge par omission est-il plus blâmable qu'une vérité que l'on tait?

Du mensonge et de la vérité, chercher qui court le plus vite.

Le mensonge fatigué préfère le sofa de la vérité.

« La bonne édition, dit le bibliophile, celle qui comporte des coquilles. » De l'erroné devenant l'authentique, il existe maintes applications.

Vrai, mais comme un masque.

Pour nous éloigner d'une fade vérité, nous épiçons toujours trop nos mensonges.

Quand le médecin ment, la maladie dit la vérité.

Le vrai, cet idéal du faussaire.

Une vérité commune serait-elle plus louable qu'un mensonge destiné à préserver un mystère?

Dans l'arsenal de nos mensonges, choisissons bien. Sinon, la vérité trouvera des armes.

Quand ce n'est pas tout à fait vrai et pas tout à fait faux, qui l'emporte de la vérité ou du mensonge?

Le mensonge a au moins le mérite de l'invention.

Si nous avons le choix entre une vérité destructrice et un mensonge sauveur, faisons notre vérité d'un mensonge.

Comme on fait du vin blanc avec du raisin noir, on fabrique de la vérité avec des mensonges.

S'il fallait choisir entre une vérité et un mensonge, ce serait simple; mais la vie nous propose plus volontiers le choix entre deux mensonges.

Cette vérité qui, pour être admise, doit prendre les apparences du mensonge.

Les vérités qui courent les rues sont bien trop essoufflées pour venir à bout du mensonge.

Un mensonge n'est souvent qu'un anachronisme, une anticipation de la vérité en retard.

De nos mensonges, la vérité des mots ne s'affecte pas.

Un mensonge proféré est le masque d'une vérité retenue.

On ne peut se mentir à soi-même sans sa propre complicité : mensonge double.

Restons attentifs aux vérités, ces mensonges qui sauront bien vieillir.

Où le mensonge s'enrubanne, la vérité se dénude. Dès que parée, elle n'est plus la vérité.

Ces guerres de vérités qui se poursuivent avec les canons du mensonge.

Se mentant à lui-même, le menteur prit la voie de la vérité.

Choisissant une vérité commode pour en délaisser dix autres défavorables, nous rencontrâmes le mensonge.

Un mensonge n'est souvent qu'une sous-vérité améliorée.

« Et maintenant, sucrons notre mensonge d'un peu de vérité! »

Un menteur n'est jamais si menteur que lorsqu'il oublie de mentir.

Comme les vérités, il est des mensonges qui s'annulent.

Ils ne mentaient pas vraiment. Ils économisaient la vérité.

Envisageant la vérité à court terme, il portait en lui la graine du mensonge.

Un mensonge crédible est le plus parfait défi à la vérité.

On peut, sans mentir, ne pas dire la vérité. C'est là un fameux mensonge.

La tradition perpétue aussi bien la vérité d'hier que le mensonge mais elle excuse et ennoblit ce dernier.

Le mensonge pour être cru doit se déguiser en vérité. C'est là sa limite.

Pour échapper aux lieux communs, tel devint menteur, mais il rencontra les clichés de la vérité.

Lorsque la pensée critique nous fait distinguer le vrai du faux, voyons par quel point ils se pénètrent.

3

Seul le mensonge ne ment pas.

Le mensonge persuasif est celui auquel le menteur lui-même se laisse prendre.

Lorsque nous feignons de croire aux propos d'un menteur, c'est pour lui éviter d'autres mensonges.

Le plus parfait menteur est l'inspirateur du mensonge.

Si nous mettons mensonge sur mensonge, l'édifice s'écroule.

Les mensonges sont les prothèses de la dialectique.

Les meilleurs mensonges sont ceux dont les menteurs eux-mêmes ignorent la nature.

Un mensonge pieux, cela vous a un de ces petits airs jésuitiques.

La faiblesse du menteur consiste à mentir faux.

Qui ment comme il respire s'étouffe.

Les plus insidieux mensonges sont ceux qu'on se fait à soi-même.

Les gros mensonges mangent les petits.

Il est des menteurs avec sincérité – comme dans un journal intime.

Un premier mensonge est cette boule de neige qui crée les avalanches.

Le mensonge ne peut atteindre à l'art que s'il est acte gratuit.

Le pire menteur est celui qui ment à demi.

Dire « Je ne sais pas mentir » sous-entend : « Si je savais, vous verriez... »

Une sincérité qui se regarde tombe dans l'équivoque.

Pousser la sincérité à l'extrême, c'est rejoindre l'offense.

Reconnaître sa mauvaise foi n'est pas forcément reconnaître la fausseté du but.

Entre le faussement vrai et le vraiment faux, quel dilemme!

Nous payons souvent fort cher les erreurs que nous n'avons pas commises.

Le droit à l'erreur implique le devoir de vérité.

Quand tous à la fois se trompent, l'erreur s'érige en exactitude.

Ils aimaient à ce point la singularité qu'ils la recherchaient dans la chose la plus commune qui fût : l'erreur.

Chacun de nous est la somme de ses vérités et de ses erreurs : elles s'additionnent toujours, ne se soustraient jamais.

L'exactitude n'est souvent que l'exagération de l'erreur.

Dans le doute, ne t'abstiens pas. Risque l'erreur.

L'erreur, si elle n'avait son scaphandre, se noierait.

Il en est qui se déguisent pour qu'on les reconnaisse.

Petit poisson deviendra grand si le pêcheur en raconte la prise.

Rien n'est plus proche du vrai que l'invraisemblable. Souvent, le vraisemblable se situe aux antipodes.

La mystification reste le meilleur agent de démystification.

Un joueur qui ne connaîtrait pas l'art de tricher serait-il un joueur absolu?

Si nous devenions ce que nous feignons d'être, il nous manquerait quelque chose : la feinte.

Le meilleur moyen de fortifier un mythe, c'est de tenter de le démythifier.

Les querelles de l'ego

1

Une idée pour un psychologue serait de conter les mésaventures du « je » égaré dans la confiture du « nous ».

« Je » est un fieffé menteur.

Le « on » est l'ennemi invisible du « il ».

Nul ne peut se vanter de se passer de lui-même.

De son zéro, comment peut-on faire une auréole?

Il suffit souvent de s'éloigner de soi pour s'en approcher au plus près.

C'est par une absence de liens que l'on devient prisonnier de soi-même.

Lorsqu'il y a entre moi et moi une certaine incompatibilité, je cherche qui est l'autre.

Suis-je bien assuré de m'appartenir?

Je sais à peu près qui je suis en ignorant ce que je suis.

Si je savais où j'en suis, saurais-je qui je suis?

Notre moi est composé d'un maître et d'un esclave qui font chacun la moitié du chemin.

En nous, il y a deux combattants. Sans raison, il arrive que l'un privilégie l'autre.

Si nous pouvions nous vaincre, nul ne nous résisterait.

Je me pince donc je suis.

Écoliers de nos passions, l'étincelle naît de notre résistance aux maîtres.

Tantôt notre propre père, tantôt notre fils, trop indulgents ou trop sévères, nous nous élevons mal.

Je jouis de ce que j'espère.

A nous-mêmes obstacles, nous passons notre vie à tenter de nous franchir.

J'ai ma subconscience pour moi.

Je ne crains que ce que j'aime.

Entre soi et soi, il n'existe jamais de traités de paix mais seulement des armistices.

Et s'il suffisait d'être rien pour embrasser le tout?

Lorsque nous croyons transcender la nature, nous commençons à la trahir.

Nous croyons nous évader de nous-mêmes et nous ne faisons que changer de prison.

La « conscience tranquille », certes, mais, si elle est vraiment conscience, peut-elle être tranquille?

Nous chérissons nos limites non sans tenter d'agrandir le cercle.

Il est des « Lui il... » qui cachent des « Moi je... ».

On ne s'accuse soi-même que pour empêcher les autres de trop bien le faire.

Si je m'écoutais, m'écouterais-je?

C'est lorsque l'on croit se fuir qu'on se précède.

Certains s'aiguisent jusqu'à n'avoir plus de lame.

Prendre bien soin de faire son autocritique, mais seul.

Par souci d'impartialité, il nous arrive de dire du mal de nous-mêmes, mais avec modération.

Il faudrait être non pas le complice, mais l'ami de soi-même.

Être « soi-même », nous l'aimerions bien. Mais lequel?

Il est bon d'honorer les outils de son corps, mais à condition qu'ils servent.

Quand j'amuse, je ne m'amuse pas.

Directement ou par personne interposée, nous ne nous attendrissons jamais que sur nous-mêmes.

2

Un égoïste n'est jamais qu'un homme de préférence.

L'égoïste a au moins cette qualité : ne se mêler que de ce qui le regarde.

L'altruisme est la plus hypocrite des qualités et l'égoïsme le plus franc des défauts.

L'altruiste est un homme qui dispense les miettes du festin de l'égoïsme.

Il est des gens qui atteignent un tel degré d'altruisme qu'ils vous font partager leur mauvaise haleine.

Dans la plupart des cas, le choix de ne pas choisir aboutit à se choisir.

Nous ne voulons pas voir les choses telles qu'elles sont par crainte d'avoir à nous considérer de la même manière.

Nous acceptons d'autant plus volontiers la singularité d'un être qu'il ne s'éloigne pas trop des manières de tout le monde.

L'homme qui a décidé d'être sourd aux autres décide d'abord qu'ils sont muets.

3

« C'est mon alter ego! » dit-il de moi croyant me flatter alors qu'il m'insulte.

Rencontrer un autre nous-même, en serions-nous satisfaits?

Lorsqu'il s'avisa d'aimer son prochain comme lui-même, il s'aperçut qu'il se détestait.

Aimer, c'est s'aimer en l'autre.

Parler des autres. Autrement dit : parler de soi.

Tel ne déplaît à l'un que dans l'espoir de plaire à l'autre.

Je te regarde pour que tu me voies.

Occupés d'eux-mêmes, ils ne s'intéressent à nous que s'ils se peuvent comparer avantageusement.

Qui ne s'occuperait que de ce qui le regarde finirait par s'occuper de peu de chose.

Nous ne cessons de faire attention là où il faudrait porter attention.

Nous mimons volontiers chez un autre ce qu'il déteste en nous.

La crainte de décevoir est la meilleure marque de considération envers autrui.

Sans quelque malentendu, nous ne connaîtrions pas de véritable entente.

Ce que nous envions à autrui est plus son état que sa personne.

Dis-moi qui tu fuis, je te dirai qui tu es.

Ce qui peut être sauvé de nous est cette minuscule parcelle de personnalité autre que celle que nos proches voient en nous.

Souvent, nous regrettons moins le mérite d'autrui que d'avoir à le reconnaître.

Tel disait me connaître « comme s'il m'avait fait », mais ce qu'il faisait lui restait le plus inconnu.

Celui qui déteint sur l'autre le teint mal.

Il est des gens qui répètent *mea culpa* mais en frappant la poitrine de leur voisin.

On ne découvre vraiment autrui que par l'investigation de soi-même.

Nous aimons parfois notre mal parce qu'il témoigne des maux d'autrui.

Autrui est celui-là qui m'est supérieur en quelque endroit sans que je puisse découvrir lequel.

Témoigner d'indulgence envers autrui ne se peut que si l'on est sévère avec soi.

Se sentir l'égal d'autrui, c'est déjà se vouloir supérieur.

Douter d'autrui a au moins ce mérite de nous amener à douter de nous.

On voudrait que les autres n'ajoutent pas au doute qu'on a de soi leur doute d'eux-mêmes.

Ne pas être sûr d'autrui nous console de ne pas être sûrs de nous.

Pourquoi toujours abandonner aux autres cette dictature de décider de notre mérite?

Quand nous disons à l'autre : « Passez, je vous prie! », nous nous étonnons qu'il passe.

Nous voudrions que les autres pensent de nous ce que nous en pensons nous-mêmes quand la partie influence le juge.

Certains affirment dire du mal de nous pour empêcher les autres d'en dire encore plus.

Lorsqu'on me dit de faire comme chez moi, je me sens un peu plus chez les autres.

Si tu découvrais ton semblable, serait-il ton frère?

4

Beaucoup croient que la grandeur est faite de petitesses superposées.

Nous ne montons si haut que dans l'espoir de retarder notre chute.

Est plus grand que soi qui se juge plus petit qu'il n'est.

Nul n'est assez grand pour se passer de piédestal.

Personne n'est supérieur à personne. Parfois, seulement un peu moins inférieur.

Inégal à lui-même, l'homme lutte pour atteindre sa propre égalité.

Personne ne nous est plus indifférent que nos égaux.

Il ne suffit pas d'avoir besoin d'un plus petit que soi, il faut aussi éviter d'avoir besoin d'un plus grand.

Si rapide que soit notre course, nous n'atteindrons jamais l'horizon.

Qui s'agrandit rapetisse.

Rien de tel que les nains pour vous regarder de toute leur hauteur.

Ayant affirmé être « un grand cardiaque », il fut heureux d'avoir enfin trouvé sa dimension convenable.

Pour leur propre usage, les grands esprits mettent le mot faiblesse au pluriel.

Il est des esprits qui ne vagabondent qu'en sleeping.

5

Le glorieux voudrait tout avoir. Même la gloire.

Nous le savons bien : « Travailler pour la gloire », c'est travailler pour rien.

Qu'est-ce que cette gloire qui éclabousse de ses paillettes d'or et n'éclaire pas?

Tel fuit la renommée en priant pour qu'elle accélère sa course.

Tel méprise la popularité parce qu'elle le cerne, tel autre parce qu'elle se refuse.

On nomme volontiers gloire la popularité, triomphe le succès et génie le savoir-faire.

Il en est qui gravissent les degrés de la renommée par les escaliers de *services.*

Être un notable, c'est risquer d'être noté.

Non seulement ils veulent être reconnus mais encore ils veulent qu'on les reconnaisse.

La notoriété est une statue dont on n'admire que le piédestal.

La notoriété n'est rien d'autre que la répétition abusive d'un nom.

Au sommet du succès, tel se composa une généalogie flatteuse sans se douter que sa vanité niait ses plus humbles mérites.

Les mérites étalés se fanent comme les livres trop longuement exposés en vitrine.

Pour l'ambitieux, le plus difficile est de se faire un *non*.

Un peu moins de dignités égale un peu plus de dignité.

Par dignité, tel refusa les dignités dont il était digne parce qu'il les jugeait indignes.

« Je n'en mérite pas tant! » affirmons-nous en pensant que nous en méritons davantage.

On refuse une récompense pour qu'à une louange s'ajoute une autre louange : celle qui s'adresse au refus.

En sortant de l'anonymat, on entre en transes.

Cesser d'être « quelqu'un » n'est pas devenir personne, mais trouver une issue pour réintégrer sa personne.

Tel qui se fit tout seul se défit de même.

Certains gagnent à être méconnus.

Oublie que tu es célèbre, j'oublierai que je suis inconnu.

Toute célébrité assujettit : on devient un sujet de conversation.

Une ambition dévorante est une ambition qui se dévore elle-même.

6

Les échecs d'autrui ne semblent exister que pour nous faire croire à notre réussite.

Quand nous nous défendons sans que l'on nous attaque, il n'est qu'un assaillant : nous-mêmes.

C'est quand votre ligne est la plus droite que l'adversaire vous attend au tournant.

Tout échec ouvre la voie du dépassement. Tout succès limite.

Le succès est ce qui transforme aux yeux d'autrui la discrétion en distance.

Le succès représente la forme la plus apparente de l'échec.

Le meilleur moyen de rencontrer l'échec consiste à le fuir.

Si tu connais l'échec, fais-en ta récompense.

La véritable histoire d'un homme est celle de ses échecs.

7

Dès qu'il s'agit d'amour-propre, quelque amplification se prépare.

De l'amour-propre à la vanité, il n'est qu'un pas : celui que la sottise permet de franchir.

L'amour-propre n'est souvent que l'antichambre de l'orgueil.

Toute piqûre d'amour-propre devrait en être le vaccin.

L'amour-propre est le terrain propice au bon grain de la modestie et à l'ivraie de l'orgueil.

L'orgueil peut être aussi bien le marchepied de la vanité que son garde-fou.

Même loué, le vaniteux se croit sous-loué.

Le vaniteux voudrait que les autres l'apprécient tel qu'il s'apprécie lui-même.

Il est aussi vaniteux de se vanter de ne pas être décoré que de se prévaloir de l'être.

La vanité naît soit de l'excès de l'orgueil, soit de son absence.

La perfection dans la vanité, c'est quand le sujet se croit modeste.

Pour nous extraire de notre état d'humilité, il n'est rien de tel que l'humiliation.

Le vaniteux est un homme qui s'aime tant qu'il se croit plusieurs.

Le ridicule est le vêtement de la vanité.

Les gens trop pleins d'eux-mêmes ne parviennent pas à combler leur vide.

Le vaniteux taxe de vanités les actes de quiconque se veut son égal.

Le quant-à-soi est la vanité du silencieux.

Quand il n'est que regardé, le vaniteux se croit considéré.

Le vaniteux s'aime tant qu'il croit que c'est le miroir qui le regarde.

Le miroir de la vanité est déformant.

Un suffisant est un jardinier d'insuffisances.

Si je me prise, je méprise.

Fierté est le nom qu'on donne à la vanité quand on la déguise.

Dès qu'ils enfilent un habit neuf, certains se croient intelligents.

Tel disait « se retirer dans ses appartements » pour se donner l'illusion d'en posséder plusieurs.

A force de parler de son violon d'Ingres, on finit par se prendre pour Ingres.

Les vases destinés à rester vides sont les plus chargés d'ornements.

Il existe deux types de mégalomanes : ceux qui se livrent tout d'un coup, ceux qui économisent. Il arrive qu'on nomme modestes ces derniers.

Il courut, il arriva le premier et s'aperçut qu'il était seul.

Rester simple devient de jour en jour plus compliqué.

Nul ne se suffit à lui-même et surtout pas les suffisants.

L'homme serait-il ce zéro qui marque tantôt le néant, tantôt la multiplication selon le lieu où on le place?

Lorsque nous défendons notre droit à la différence, n'oublions pas de vérifier si ce n'est pas pour affirmer notre supériorité.

Grand homme, comme je t'admirerais davantage si tu ne t'admirais pas autant toi-même.

8

Consulter son miroir, c'est s'exposer à de bien fâcheux diagnostics.

Cet homme s'aimait à ce point qu'il applaudissait son miroir.

Qui s'admire en son miroir se persuade que son miroir l'admire.

Face au miroir, il pria son visage de cesser de se moquer de lui.

Si notre miroir était souriant, nous le lui rendrions bien volontiers.

Et si c'était le miroir qui ne peut se regarder en face?

L'écrivain qui nous tend un miroir, comme on l'admire et comme on devrait le détester!

L'homme devant son miroir est toujours myope ou presbyte.

Nous ne regardons vraiment que ce qui ne nous regarde pas.

Pour se voir tel que nul ne peut nous voir, il suffit de fermer les yeux.

Parfois, nous nous ressemblons.

L'œil sur le miroir se nomme inquiétude.

Pour imiter sa caricature, il grimaça, puis il cessa de grimacer et la reconnut.

Lorsque l'on dit « beau comme un dieu », on ne dit jamais lequel.

Comment contempler ce petit nombril quand il est tant d'étoiles?

Nous devrions nous mirer comme on mire un œuf. Pour retrouver le germe en nous.

Qui se rassemble se ressemble.

Il est impossible de surprendre le moi en accomplissement : il change sans cesse de place.

Nous ne sommes curieux de nous que dans l'espoir de nous étonner.

Consulter le miroir, c'est imaginer le temps qu'il fera à partir du temps qu'il fait.

Notre curiosité peut être qualité ou défaut selon que nous l'orientons.

Se montrer nu, c'est cacher l'essentiel de soi-même.

La plupart croient que pour être nu, il suffit de se déshabiller.

Nul ne se découvre sans se mettre à découvert.

Nous passons notre temps à masquer ce qui nous cache.

Si je me montre, c'est pour mieux me cacher, mon enfant!

La laideur est moins l'antonyme de la beauté qu'une de ses métamorphoses possibles.

Les liens
et les chaînes

1

Amitié est un mot qui se dévalue dès qu'on le met au pluriel.

L'amitié a aussi ses coups de foudre.

On reconnaît un ami à ce qu'il peut être un bon camarade.

Un ami est celui pour qui nous ferions ce que nous ne ferions pour rien au monde.

Par souci d'amitié, prenons l'autre tel qu'il se croit.

Aux vrais amis, nous donnons toujours plus de joie que nous en contenons et nous en recevons plus que nous ne pouvons en contenir.

Le plaisir des goûts en commun vient justement de ce qu'ils ne sont pas « communs ».

L'utilité ternit l'amitié.

Nous aimons nos amis avec toutes leurs qualités et tous nos défauts.

Liés par les plaisirs, pour bien mesurer l'amitié, attendons les temps adverses.

Une amitié sans partage souffre de ne pas être partagée.

Il est rare qu'un avare d'amitié ne le soit pas d'autre chose.

Seuls les inséparables peuvent être séparés.

Il est des êtres généreux en conseils parce que ladres d'amitié.

Nous prenons bien soin de garder certains « amis » sans être sûrs qu'ils le souhaitent et qu'on en ait soi-même le désir.

Il existe des « amis » qui vous souhaiteraient quelque malheur dans le but de vous consoler.

Quand l'amitié triomphe des années, c'est qu'on est resté longtemps sans se voir.

Les petits cadeaux entretiennent l'amitié de ceux qui les vendent.

Certains amis ont le naturel du chien : prêts aux caresses, prêts aux coups.

Il est louable de faire du plus éloigné son prochain.

L'image que nos plus anciens amis se font de nous fait penser à ce miroir étrange qui vous refléterait avec quelques années de retard.

On ne veille que les êtres éveillés.

Les réconciliateurs sont souvent ceux-là qui nous ont fâché avec nos amis.

Certains se disent unis comme les doigts – mais pas de la même main.

La loyauté d'un adversaire est la promesse d'une amitié.

Les amis qui nous abandonnent n'étant plus nos amis, pourquoi se désoler?

2

Cet homme réunit ses « amis » et se demanda si avec tous il pourrait en composer un seul.

Lorsque nos amis deviennent nos ennemis, nous y gagnons : le mal qu'ils disent de nous perd en crédibilité.

Les amis de nos ennemis que l'on croit nos ennemis sont nos alliés en puissance.

Pour un ami perdu, dix ennemis retrouvés.

Nos ennemis ont au moins cette particularité qu'ils ne peuvent se passer de nous.

Un ennemi mésestimé est un ennemi vainqueur.

Sans ennemis, nous n'aurions pas d'alliés.

Élever l'ennemi à la dignité d'adversaire, c'est en partie le désarmer.

Cet homme est ton ennemi. Ne sois pas le sien. Cette inimitié incomplète le rendra boiteux. Vengeance sournoise.

Si le sort est adverse, cuirassons-nous. Le plus proche pourrait bien donner le coup de grâce.

L'ennemi : « Si c'est bien fait pour toi, c'est un bienfait pour moi. »

« Parlez-moi encore de vous! » dit le confident avec l'espoir de vous faire trébucher.

Qui rivalise avalise.

Personne ne nous est plus proche que celui qui nous étrangle.

Les ennemis comme les amis, nous devons les choisir. Pour ne pas attendre qu'ils vous choisissent.

Quand c'est « un mal pour un bien », c'est toujours un grand mal pour un petit bien.

Heureux qui rencontre l'ennemi digne de le vaincre ou digne d'être vaincu.

S'il est des gens que nous « ne sentons pas », c'est parce que nous ne pouvons pas les sentir.

La difficulté est de se sentir heureux du bonheur de ceux qui sont heureux parce que nous ne le sommes pas.

Les gens les plus antipathiques sont ceux dont nous nous savons aptes à provoquer l'antipathie.

Pour se venger d'eux-mêmes, les mécontents ne manquent jamais d'attaquer le voisin.

Il est des gens qui blessent pour pouvoir cautériser.

Les fourbes ne font qu'égratignures en laissant aux autres le soin de porter la gangrène.

La haine est de la haine le meilleur fortifiant.

La haine n'est jamais qu'un sous-produit de l'entêtement.

C'est moins le traître qui nous trahit que nous qui nous sommes trompés d'ami.

Consolons-nous des traîtres en pensant qu'ils se trahissent aussi.

Est doublement traître celui qui reçoit le prix de la trahison et qui ne trahit pas.

« J'ai déjà *donné*! » Parole de traître.

Se venger est une autre manière de se punir.

Un clou chasse l'autre, certes, mais l'autre le tord.

Cet abîme qui sépare deux êtres, qui sait s'ils ne se retrouveront pas tout au fond?

Si nous marchons dans des directions opposées, n'oublions pas que la terre est ronde.

3

Le pardon rature. Il n'efface pas. |

Un pardon sans oubli est une vengeance sournoise.

Reconnaître ses torts, c'est déjà se pardonner.

Certains imaginent des offenses pour montrer la grandeur de pardons tout aussi imaginaires.

On ne pardonne vraiment que l'impardonnable.

Au pardon des injures s'ajoute parfois l'injure du pardon.

Il est plus facile d'accorder son pardon à autrui qu'à soi-même.

La marque de reconnaissance est parfois de nous pardonner le bien que nous avons fait.

Ne connaissant pas nos torts, comment pourrions-nous les reconnaître?

4

L'amour est la rencontre de deux myopies que le temps rendra presbytes.

En amour, toute preuve est le commencement d'un démenti.

En amour, ceux qui savent tout n'y connaissent rien.

Les amours sont devenues de si courte durée qu'on n'en peut plus aimer que le souvenir.

L'amour est aveugle de l'éblouissement provoqué par sa propre lumière.

Le plus parfait amour est le toi et le moi devenus synonymes.

Le don en amour, c'est de s'amenuiser en soi pour grandir en l'autre.

Les amours qui ne résistent pas aux intempéries ne sont que succédanés.

L'amour vous amène à ce que son objet, même présent, vous manque encore.

Aimer, c'est s'aimer en l'autre qui s'aime en vous.

Il suffit parfois de se séparer pour être ensemble.

En amour, on ne possède qu'en donnant.

En amour, on ne s'absente de soi que pour être présent chez l'autre.

Il existe un amour total qui est un amour totalitaire.

Aimer, c'est métamorphoser des rapports normaux en une inconnue redoutable.

La difficulté est de s'approcher de l'autre sans s'éloigner de soi.

On ne possède pas sans déposséder.

Il faudrait être au moins une fois cet autre que l'autre voit en nous.

Ne peut prétendre aimer la rose qui ne chérit pas l'épine.

Il est des plantes qui seraient banales et sans parfum si elles ne gardaient le souvenir d'avoir vécu près d'une rose.

Aimer, c'est ne plus penser à autre chose.

Aimer, c'est étreindre et non pas contraindre.

« Je t'aime! » est une phrase courte qui fait semblant d'en dire long.

« Je t'aime! » est trop grave pour être dit et trop grave pour être tu.

Un couple. Ils se répètent : « Je t'aime! » et croient qu'ils disent la même chose.

Qui n'est capable de fortes répulsions peut-il connaître autre chose qu'amours modérées?

5

L'échange en amour consiste à faire à l'autre ce que l'on veut qu'il vous fasse.

Le plaisir reçu tue le plaisir espéré.

Les caresses sont la salle d'attente de l'amour.

Comblé ou non, tout désir dépérit.

Notre envie de l'autre n'est que l'envie de son envie de nous.

La passion est cette guerre que n'apaise aucune paix.

Le paradoxe de certaines séductions est qu'elles vous rendent séduisant en vous mettant dans l'incapacité de séduire.

Il est des émois enfiévrés dont nous voulons faire des passions.

Nous aimons chez l'autre sa capacité à recevoir le plaisir que nous croyons lui donner.

Le sourire, c'est l'amorce du baiser.

Prend le nom d'amour le rut sublimé.

Heureux moment que celui où la femme vous précipite dans sa chute de reins.

Nos désirs ne sont que plaisirs différés.

Une définition de l'inceste : pas de familiarités en famille.

6

A tant effeuiller la marguerite, on oublie qu'elle s'étiole.

Un seul amour, ce n'est pas assez. Deux amours, c'est trop.

La fidélité est une des formes de la paresse.

Qu'est-ce que l'adultère sinon un duo à trois?

Un polygame est quelqu'un qui n'a pas de femme du tout.

Durant les vacances de l'amour, nous mettons notre despotisme en esclavage.

L'homme qui a des aventures est tout le contraire d'un aventurier.

La banalisation de l'adultère est la fin du théâtre de boulevard.

On trouve toujours quelque chose à aimer chez l'autre, ne serait-ce que son absence.

En amour, il existe plus de dépérissements que de morts subites.

Dès que l'on sait pourquoi on aime, on est bien proche de n'aimer plus.

Nous croyons que l'amour se consume quand il se refroidit.

L'amour qui n'anéantit pas l'égoïsme le double.

7

Le mariage est un poème d'amour, mais en prose.

Le mariage est la réduction des possibles de deux êtres à une destinée commune fondée sur des ambiguïtés où l'on tente de trouver quelque grandeur.

Il est fort curieux que les liens du mariage soient considérés comme un heureux dénouement.

Le mariage divise le fardeau en le multipliant.

Avant le mariage, tout a été dit. Après, on ne trouve qu'à redire.

Un mariage durable est celui où deux êtres qui ne se sont pas trouvés ont peur de se perdre.

Certains fondent une famille dans le but d'être chefs en quelque endroit.

L'homme et la femme sont deux êtres inégaux dont aucun n'est supérieur à l'autre.

Le mariage, c'est quand on dit « je » où il faudrait dire « nous » et « nous » où il faudrait dire « je ».

Le mariage est ce marathon qui a de plus en plus tendance à se contenter d'un cent mètres.

Les palais d'amour hâtivement construits se transforment en prisons.

Le divorce est le médicament du mariage malade, mais il ne tue pas tous les microbes.

Après l'armistice des fiançailles, le mariage est un traité de paix, en attendant une autre guerre.

8

La solitude volontaire est un baume. La solitude subie, une agression.

La parfaite solitude consisterait à se quitter soi-même.

Cette recherche de la solitude : comme si on attendait quelque chose de bon du sépulcre.

Tout au bout de la solitude, nous finirions par avoir peur de notre ombre.

Que la solitude soit notre dame de compagnie.

Il est des isolements sans solitude comme il est des solitudes sans isolement.

Nous croyons chercher la solitude quand nous cherchons le silence.

Dans la solitude, qui ne se tutoie pas?

Face à face, tête à tête, entre soi et soi... Comme dans notre solitude, nous aimons à nous multiplier!

Il est des solitudes que rien ne meuble, des solitudes sans les bienfaits de la solitude, des solitudes de mort.

La véritable absence, c'est quand on ne sait pas qui est absent.

c'est de chercher quand on est absent

Nul n'a la faveur de bien chanter un retour s'il n'a pleuré une absence.

Tel promenait son ennui pour le faire changer d'air. Il changeait d'air et non pas d'ennui.

Avoir des ennuis désennuie.

Le renoncement est la plus belle conquête du désir.

Le meilleur moment de la solitude serait d'être seul comme si nous étions deux.

9

Il existe quelque chose d'indestructible chez l'homme : ce qui a déjà été détruit.

Tout malheur est au-delà des larmes.

Il arrive qu'un malheur vous délivre des malheurs passés et vous protège de ceux à venir.

La souffrance méprise la publicité.

Survivre à une souffrance intolérable, c'est tolérer l'intolérable.

Qui n'a conversé avec sa souffrance ne sait pas ce qu'est un dialogue.

Dire à la souffrance : je n'en mérite pas tant.

Les larmes sont le contre-feu de la souffrance.

L'exagération des maux dans la confidence, plus que la consolation, en est le remède.

Le sourire du malheureux est son cache-misère.

Sonder son inquiétude, c'est l'exaspérer.

Toute vie est un martyre différé.

Quand cela pourrait être désespéré, ce n'est que désespérant.

Pour effectuer un sauvetage, il faut être deux, par exemple soi et soi.

Aller de désespoir en désespoir ne se conçoit pas sans quelque relais de l'espérance.

Dans le désespoir, on voudrait être mort, mais cela ne signifie pas qu'on voudrait mourir.

Toutes nos espérances mortes, nous en venons à espérer en un plus grand désespoir, ce qui est espérer encore.

La douleur est ce qui nous parle quand plus personne ne nous parle.

Nous nous fions à notre instinct du bonheur sans imaginer qu'il peut être un traître.

L'amertume résulte d'une lente distillation de la désillusion et de la déception.

Ces chants d'oiseaux que nous écoutons dans le ravissement sont peut-être des cris de détresse.

Qui ne la malmène mène mal sa vie.

Ce sont nos dangers qui nous sauvent.

Être content de quelques petites choses nous évite d'être content de tout – autrement dit : de rien.

Une fausse joie, c'est quand même un moment de joie.

Si tout n'était qu'illusion, nous resterions sans illusions.

La pitié peut naître de l'affliction comme du mépris.

Il est des pitiés impitoyables.

Certaines compassions sont toujours prêtes à cultiver leur aliment.

Si nous décidons d'être indulgents, nous le sommes déjà moins.

Nul n'est moins apte à apporter la consolation qu'un être heureux.

Quand tu riras bien pour être le dernier, les pleurs seront tes juges.

Tel qui rit Vendredi Robinson pleurera.

Certains se disent « malheureux comme les pierres » en pensant au diamant.

Parfois, nous avons tout pour être heureux; il ne nous manque que le bonheur.

Le rire sucre les larmes.

Le sourire est l'institut de beauté du visage.

Une charité consisterait à donner la possibilité au secouru d'être envers lui-même charitable.

Si nous avons tendance à nous plaindre à plus malheureux que nous, c'est que nous savons avoir affaire à un connaisseur.

Lorsque nous faisons comme s'il n'existait pas, le malheur ne tarde pas à nous rejoindre.

Les soucis : on parle toujours de leur cadet, jamais de leur aîné.

L'optimiste prend les choses comme elles ne viennent pas. Le pessimiste les prend comme elles pourraient venir.

L'optimiste est un borgne de l'œil droit, le pessimiste un borgne de l'œil gauche.

10

Il n'existe pas de malades imaginaires puisque ceux que l'on nomme ainsi souffrent autant que quiconque.

Seule la maladie guérit l'hypocondriaque.

Il est des hommes qui souhaiteraient être malades pour utiliser leurs médicaments.

Rien de plus inquiétant pour un malade qu'un bien-être inaccoutumé.

Le médecin qui n'est pas lui-même médicament n'est pas médecin.

L'énergie, c'est quand le corps vous précède au lieu de se faire tirer.

Nous devons songer que le paralytique souhaiterait exécuter tous les mouvements que nous nous plaignons de faire.

Que donnerait l'insomniaque pour un bon vieux cauchemar!

Lorsqu'on me dit d'une personne qu'elle a un côté mélancolique, je demande lequel.

Le masochisme consiste moins à rechercher la douleur qu'à refuser le baume.

Le bâton est la carotte du masochiste.

Le masochisme consiste à préférer à tout autre le mal fait de ses propres mains.

Les illuminés sont ces malades qui nous guérissent.

L'idéal serait d'être d'une bonne santé contagieuse.

Les défauts
de la cuirasse

1

Ce que nous reprochons aux bavards, c'est qu'ils nous empêchent de parler.

Quand un bavard se tait, ne croyons pas qu'il pense. Il reprend souffle.

Tel bavarde par bravade.

Méfions-nous des gens à qui les mots font défaut : ils les remplacent par des flots de paroles.

Qui s'écoute parler a cette excuse de n'être que son seul auditeur.

Bien des bavards parlent avec des fautes de frappe.

Si nous nous écoutions parler, nous empresserions-nous de nous taire?

Quand on me parle d'abondance, j'écoute avec économie.

Qui croit parler comme un livre balbutie comme un magazine.

Essayez donc de parler avec une bouche pleine de cailloux!

Le « Voulez-vous bien vous taire! » de la coquette signifie : « Parlez encore! »

S'assurer si n'importe qui disant n'importe quoi et n'importe comment est vraiment n'importe qui et s'il dit bien n'importe quoi n'importe comment.

Un orateur est un homme qui, parlant, donne à croire qu'il parle, mais qui ne *parle* pas.

Dire n'importe quoi et attendre la contradiction est le dandysme de la conversation.

Lorsque nous parlons « à bâtons rompus », c'est toujours sur le dos de quelqu'un.

Lorsque l'on n'a pas tout à fait tort, c'est qu'on a tort.

« Il parle comme un livre » signifie « Il parle comme un mauvais livre ».

Les violons d'Ingres d'autrui nous agacent nos oreilles.

Il n'est que les gens subtils pour détester la subtilité des autres.

La vie sociale nous amène à nous boucher le nez par défaut de ne pas nous être bouché les oreilles.

Qui tient trop la parole risque de manquer à la sienne.

Si ces gens avaient la même opinion, ils ne parleraient pas tous ensemble.

Certaines manières de dire ne sont que des façons de ne pas parler.

« N'ayons pas peur des mots! » Et si les mots avaient peur de nous?

Qui parle pour ne rien dire n'a pour excuse que sa musique.

Le pudibond parle en mettant des feuilles de vigne sur les mots.

Lorsque nous n'avons rien à dire, nous ne trouvons qu'à redire.

Pour réduire un propos, il suffit de l'exagérer.

L'automobile est un véhicule qui sert plus à en parler qu'à s'en servir.

Pour certains orateurs, on rêverait que l'estrade soit un échafaud.

Quand trop de gens sont suspendus à nos lèvres, leur poids nous fait bredouiller.

Le bégaiement n'est autre que l'amour immodéré de la syllabe.

A un certain degré d'éloquence, on applaudit l'éloquence et non le propos.

Non seulement certains coupent les cheveux en quatre, mais ils voudraient que chaque partie repousse.

Prendre la parole, c'est prendre la parole à quelqu'un.

Il est des discoureurs que l'on n'écoute que d'un œil.

Le bavard est quelqu'un qui commence à parler et pense : « On verra bien ce qu'il arrivera! » mais il n'arrive rien.

Le bavard tente de suppléer à son manque d'expression par un abus d'expressions.

Le bavard est ce moulin à vent qui n'a rien d'autre à moudre que le vent.

2

Un interlocuteur valable est celui qui acquiesce.

On commence par se comprendre à demi-mot et on finit par tout prendre à la lettre.

A force de prendre langue, on finit par rendre gorge.

Une phrase qui commence par « Pour tout dire... » a des chances de ne rien dire du tout.

La répétition est la petite monnaie de la persuasion.

La vraie raison d'une dispute n'est qu'accessoirement ce dont on dispute.

L'erreur la plus commune est de croire que le langage ne s'adresse qu'à l'oreille.

Quand on traite quelqu'un de tous les noms, c'est dans l'espoir que l'un d'eux convienne.

Si le dénigrement se transforme en apothéose, c'est que son objet est mort entre-temps.

Insinuer, c'est, comme le coucou, offrir ses œufs à d'autres couvaisons.

Le subjectif cherche un objectif pour lui tirer dessus.

Quand un interlocuteur vous met en situation de vous défendre, c'est dans l'espoir de vous amener à vous vanter.

Comme la dentelle, la conversation est l'art d'orner les trous.

Ceux qui disent du mal de nous voudraient encore que nous leur apportions des preuves.

« Au hasard de la conversation... » Certes, de hasards la conversation est farcie.

La contrariété est d'entendre dire la même chose que soi.

Ce qui est insinué, toujours un autre l'affirmera.

Un médisant est quelqu'un qui cherche l'éveil de votre intérêt.

Toute approbation est double : qui approuve s'approuve.

De la discussion, n'attendez pas un jaillissement de lumière. Contentez-vous de quelques étincelles.

Avoir le dernier mot : toujours un mot de trop.

Cherchons le point où l'opinion exprimée n'est plus le seul faire-valoir de qui l'exprime.

Si tu parles à mots couverts, qu'ils ne le soient pas de honte.

Il est difficile de ne pas s'écouter parler quand nous ne faisons que répéter aux autres ce que nous souhaiterions entendre.

« Si vous voyez ce que je veux dire... », dit-on lorsqu'on ne sait pas le dire.

« Comme on dit » masque toujours un « Comme on ne devrait pas dire ».

Si « des goûts et des couleurs, ça ne se discute pas », de quoi pourrions-nous discuter?

Ceux qui critiquent nos habitudes ont pour but de nous imposer les leurs.

Nos ennemis nous parlent à voix basse pour nous convaincre de notre surdité.

3

On est prié de fermer ses parenthèses. Et si possible de ne pas en rouvrir.

Répéter « Je sais, je sais... » signifie qu'on ne sait pas et que, d'ailleurs, on s'en moque.

Si je le dis comme je le pense, je ne tarderai pas à le penser puisque je l'ai dit.

Il répéta sa vie durant : « Je le dis une fois pour toutes ! »

« J'oubliais le principal... » Fort juste : on oublie toujours le principal.

« Je vous le concède ! » dit-il. Or, il n'en était rien. Il s'agissait de faire cesser une argumentation oiseuse pour en amener une autre tout aussi vaine.

« Moi, dit-il, je vis avec les saisons de la nature. » Mais il change souvent d'hémisphère.

« Je sais de quoi je parle. D'ailleurs, je n'en dirai rien. »

« Nous n'essaierons pas d'en faire autant, car ce serait beaucoup trop. »

« Je n'en reviens pas. Mais nous allons y revenir. »

« Je ne le répéterai jamais assez. Mais j'en ai déjà trop dit. »

« Et s'il n'en reste qu'un, je serai l'autre! »

Quand on me dit de quelqu'un qu'il a quelque chose dans le ventre, je sais bien de quoi il s'agit.

Quand on me passe un savon, je m'en lave les mains.

Je veux bien ne pas « crier comme ça », mais comment faire pour crier autrement?

« Il faut toujours que tu changes. Ah! tu ne changeras donc jamais! »

« Tu ne cesseras de m'étonner que le jour où tu ne m'étonneras plus! »

4

Un silence, fût-il réprobateur, garde cet avantage d'être un silence.

Un silence peut-être un mal-entendu.

Jamais muet ne fit vœu de silence.

Nul n'a jamais autant parlé qu'un mime.

Aucun cri n'est plus destructif que certains silences.

Pas de bonne parole sans prédisposition au silence.

Si le voyage parle, taisons-nous.

On commence à bien s'entendre quand on n'a plus besoin de parler.

Parler : ne rien dire. Ne rien dire : encore trop parler.

Le silence de l'un peut être l'écrin de la sottise de l'autre.

La muselière a autant pour objet d'empêcher d'aboyer que de mordre.

On ne crie que lorsque l'on n'ose pas murmurer.

qui parle ne sait pas, qui sait ne parle pas

5

L'intelligence de l'esprit, c'est de ne point trop en avoir ou de ne pas trop le montrer.

Qui brille mystifie.

L'esprit est le contraire de l'Esprit.

Aiguiser son esprit, c'est comme trop tailler un crayon : il s'use vite.

Il est des joyeux drilles qui font des bons mots comme les oies font du foie gras.

Parmi les beaux esprits, il est des esprits buvards qui n'existent que par imprégnation.

A trop jongler avec les mots, nous les laissons choir et le saltimbanque du langage qui est en nous devient un camelot casseur d'assiettes.

6

Lorsque nous confions un secret, c'est avec quel frisson de peur et de plaisir!

Qui veut qu'un secret soit bien gardé ne doit pas augmenter sans cesse le personnel de garde.

Il appartenait à une société à ce point secrète qu'il ne la connaissait pas lui-même.

Quelle jouissance que de confier à l'indiscret des secrets imaginaires!

Le meilleur secret est celui qu'on a soi-même oublié.

Un secret partagé n'est plus un secret.

Échangeons nos secrets, mais prenons bien garde à la pesée.

Par la porte de la plus infime confidence, tout de nous s'engage.

Tel se dit confident qui n'est qu'un voleur de secrets.

Si la curiosité est un péché, que dire de l'incuriosité?

On ne confie que les fautes excusables.

Mon secret? Je ne le connais pas.

Comme un train peut en cacher un autre, derrière un idéal affirmé, il s'en trouve un autre que l'on tait.

Il existe deux moyens de préserver son secret : ne pas parler de soi ou en parler beaucoup.

Ce que nous savons avoir perdu n'est pas tout à fait perdu.

L'homme ne se chercherait pas si on ne l'avait égaré.

Il arrive qu'on cherche un objet perdu dans l'espoir de le perdre de nouveau.

Un des plaisirs de l'introspection est de chercher ce que nous avons de commun avec cet autre que nos proches voient en nous-mêmes.

Si nous trouvions notre naturel absolu, ne détesterions-nous pas notre nature?

Quand on n'est là pour personne, il est bon de s'assurer que l'on s'y trouve pour soi-même.

7

« Je vais exécuter la statue de la Paresse! » annonça le sculpteur. Et il s'endormit.

Que la paresse soit un des sept péchés capitaux nous fait douter des six autres.

La véritable motivation du travail est le repos.

Souvent, nous ne travaillons que par paresse d'imaginer autre chose.

La fête du Travail fut créée parce qu'on n'osait pas fêter le repos.

Rien de plus admirable que le travail d'un paresseux!

« Encore quelques instants, monsieur le Bureau! »

Et si l'opiniâtreté n'était qu'une paresse déguisée?

L'antonyme de l'action se nomme turbulence.

Vouloir est ce verbe qui ne se conjugue bien qu'au présent.

Le pire des risques est de perdre le goût du risque.

Nous ne sommes souvent sans échecs que parce que sans ambition.

Le manque de force n'est que le manque d'opiniâtreté dans l'effort.

Ce qui gêne dans la bonne volonté, c'est qu'on se croit tenu d'en faire preuve.

Il existe pire que les incapables : ce sont les gens capables de tout.

La paresse a cette vertu d'empêcher bien des crimes.

Ceux qui ne reculent devant rien font croire qu'ils avancent devant tout.

Il faut se méfier des faibles. Ils sont redoutables. Pour se donner l'illusion de la force.

Nous savons ce que nous désirons, mais savons-nous ce que nous voulons?

Il faut cultiver la distraction, cette présence d'esprit.

8

Toute volonté consiste à faire céder cette part résistante de soi-même qui est une autre volonté.

Lorsque triomphe notre volonté, fût-ce dans le sens du mal, nous tendons à la ressentir comme énergie du bien tant elle nous apparaît comme l'affirmation de notre liberté.

Avant d'avoir le souci de nous parfaire, si nous songions à nous faire?

On croit s'améliorer, on se surcharge.

Qui n'est pas maître de soi trouve bientôt un autre maître.

Rester sa vie durant sur son quant-à-soi suppose une vive résistance à la fatigue et un sens rare de l'équilibre.

Ayant réuni toutes les conditions du bonheur, il eut la volonté de s'en extraire par souci de ne point échapper au lot commun.

On ne se dévoue bien à une tâche que lorsqu'elle est devenue notre personnification.

Seule l'indulgence envers soi-même est coupable.

Qui cède à l'autre cède à lui-même.

Nous aimerions avoir de l'énergie à revendre. Pour la donner.

Nous croyons nous connaître, nous ne faisons que nous imaginer.

9

La colère ne nous met jamais assez hors de nous pour nous empêcher d'assister au spectacle.

La colère naît d'une peur qu'on veut faire changer de maître.

Si je modérais ma colère, elle ne serait plus ma colère.

Il est des gens qui sont toujours d'une mauvaise humeur égale.

Le grincheux est un homme qui nous reproche de ne pas avoir mal aux dents.

Un violent est un homme qui croit gagner au-dehors la bataille qu'il a perdue au-dedans.

Sur un visage de béton, quelle vigne vierge serait un sourire!

Le plus sensible à la menace est celui qui menace le plus volontiers.

Il est des aboiements qui font plus mal que des morsures.

Tel n'était pas méchant pour deux sous, mais pour quatre c'était une autre affaire.

Un insulteur est quelqu'un qui aboie parce qu'il ne sait pas mordre.

Nous plaignons ceux que ne blessent pas les coups qu'ils portent.

Ce que certains trouvent odieux dans la tauromachie, c'est moins la souffrance du taureau que le plaisir qu'elle apporte aux aficionados.

10

Nous avons nos raseurs comme les dames charitables ont leurs pauvres.

Nous reprochons moins aux raseurs de nous importuner que de nous trouver opportuns.

Une personne obligeante est une personne qui tend à nous créer des obligations.

Personne ne répand aussi bien l'ennui que celui qui juge tout ennuyeux.

Ce qui nous console des parasites, c'est de penser qu'ils ont les leurs.

On se demande pourquoi ce sont toujours les gens barbants qui nous rasent.

11

Un avare a cette faculté de jouir de ses privations.

Certaines tirelires sont incassables.

L'avare réclame sans cesse aux autres ce qu'il leur refuse.

L'avare compte sans dépenser et ne dépense pas sans compter.

Il faut trouver le point où l'argent se rend le maître de qui le possède.

La faiblesse du riche est de croire que tout s'achète.

Si l'argent n'a pas d'odeur, il manque aussi souvent de goût.

Il est des générosités qui se pratiquent avec économie.

Ceux qui jettent l'argent par les fenêtres surveillent le point de chute.

Un billet doux accompagné d'un chèque : chercher lequel est le plus doux.

Le supplice de l'avide, c'est de devoir choisir, donc d'exclure.

Le malheur du riche vint de ce qu'il prit une ceinture cousue d'or pour une bouée de sauvetage.

Si bonne renommée vaut mieux que ceinture dorée, on risque d'y perdre son pantalon.

En temps d'inflation, si nous ne payons pas nos dettes, ce sont nos dettes qui nous paient.

Il est bon de se méfier du refus des avides.

Plus malléable que l'or est celui qui le convoite.

Un homme désintéressé est un homme qui change d'intérêt.

L'intérêt durcit l'homme jusqu'à la pierre, l'indifférence l'amollit jusqu'à la glaise.

Au bout d'une infortune, il existe une autre infortune : vénérer la prospérité.

Si nous donnons beaucoup et si nous recevons peu, nous trouverons quelque part bénéfice.

Le voleur se juge honnête jusqu'au moment où il est pris.

Personne n'est plus apte que les grands voleurs à juger les petits.

Donner vraiment, c'est accepter l'ingratitude.

Un remerciement, c'est de l'ingratitude différée.

Si nous oubliions notre bienfait, nous ne verrions pas l'ingratitude.

Être l'obligé de quelqu'un porte cet avantage de n'obliger à rien qu'à des paroles.

Un ingrat est un homme qui n'espère plus rien de l'objet de son ingratitude.

Les envieux ont sur nous le regard du lieutenant d'active pour le capitaine de réserve.

Une image de la parfaite honnêteté, c'est un vêtement rapiécé.

L'envie naît plus du désir de déposséder que de vouloir prendre.

Dans un monde entièrement malhonnête, l'honnête à demi est un redoutable personnage.

Défions-nous de qui promet s'il ne promet pas aussi de tenir sa promesse.

Le déguisement préféré du beaucoup est le pas assez.

La nature est la négation de la propriété durable.

Il est des personnes qui préfèrent rester pauvres plutôt que de devenir des nouveaux riches.

Voici des paroles que le mépris accompagne : « Oh! vous, avec votre bon cœur... »

Le véritable scandale de la misère, c'est notre impuissance à la guérir.

La charité est l'alibi du riche.

Qui accepte la misère d'autrui pactise avec les iniquités de la richesse.

Le beaucoup que l'autre nous donne devient facilement le peu que nous recevons.

Il est des êtres si charitables qu'ils inventeraient la misère pour lui apporter leur obole.

Il en est qui préféreraient que l'on fouille leur cerveau plutôt que leur portefeuille.

Riches et pauvres ont en commun d'avoir des ennuis d'argent, mais ce ne sont pas les mêmes.

Certains n'aiment la nature que parce qu'ils imaginent qu'elle leur appartient.

12

L'homme libre est celui qui partage.

Le sauvetage de l'autre est le sauvetage de soi.

Un bienfait qui n'est pas perdu par le bienfaiteur n'est pas tout à fait bienfait.

En plus du présent, l'élégance est d'offrir sa gratitude.

Nous devrions être les premiers obligés des services que nous rendons.

Un bienfait n'est jamais perdu, mais on ne le retrouve pas toujours.

La plupart des remerciements ont pour but de dégager d'une obligation.

Il ne faut pas oublier que remercier, c'est mettre à la porte.

Il existe deux façons de ravir : en prenant, en donnant.

Qui fait l'aumône et ne supporte pas d'être volé montre là ses limites.

Il existe des bienfaiteurs qui ne sont que des collectionneurs d'obligés.

Bien des requêtes se font avec l'espoir d'obliger à un refus.

Si les souhaits que nous adressons avaient quelque chance de se réaliser, ne les limiterions-nous pas?

Pour faire bon poids, à l'oubli des injures on ajoute volontiers celui des bienfaits.

Une morale serait de se moquer du tiers comme du quart et de ne rien faire à moitié.

Données ou reçues, les libéralités enchaînent aussi bien.

Solliciter, c'est déjà offrir un paiement.

13

Distribuer les éloges, c'est se flatter.

Un compliment non fondé est une insulte, justifié une inutilité.

La déférence nous agresse.

Il faut toujours renvoyer l'ençenseur.

La flatterie nous enveloppe comme un bonbon.

Flatter les flatteurs est une belle représaille.

Il faut distiller la louange jusqu'à l'extraction du poison.

Si on commence par en admirer le tour, il sera difficile de refuser le compliment.

C'est dans le désert que fleurit le mieux l'hyperbole.

Qui déteste les flatteurs ne saurait retenir la flatterie.

La flatterie est une arme à portée variable atteignant aussi bien le sage que le sot.

Le flatteur tente d'acheter ce qui n'est pas à vendre, mais avec de la fausse monnaie.

Flatter qui aime à l'être, c'est sucrer le sucre.

On loue quand on n'a pas la possibilité d'acheter.

Toute louange est un blâme différé.

La louange fait rougir mais ne forge pas.

Tout éloge nous surprend en flagrant délit d'immodestie car ce que nous en retenons est encore trop.

On insulte d'éloges parce qu'on ne peut flatter d'insultes.

Une admiration sur deux est une admiration par ignorance.

Il faut dire au lèche-bottes : « Pas plus haut que la chaussure! »

Lorsque ceux que nous méprisons nous admirent, il est bon de chercher quelle bassesse est à l'origine du phénomène.

Ne vaut pas grand-chose qui a besoin d'un faire-valoir.

Dans le regard de l'obséquieux, nous lisons nos obsèques.

L'admiration sert à s'admirer admirant.

Il faut toujours chercher le point où le panégyrique touche à l'oraison funèbre.

On ne couvre pas d'honneurs. On recouvre. Comme d'un linceul!

Qui admire ici abaisse là.

L'homme applaudi place sa tête entre deux paumes.

Admirer à demi, c'est ne pas admirer du tout.

Ils applaudissent « des deux mains » mais leurs paumes ne se touchent pas.

Rien de plus admirable que les êtres admirables quand ils admirent.

14

Le sot n'invente rien. Pas même ses sottises. Ce sont elles qui l'inventent.

La sottise ne parle jamais à voix basse.

Nous pesons les sottises d'autrui sur les balances de notre propre sottise.

Une sottise énoncée noblement donne du sérieux à la personne.

S'il n'était que les sots pour cultiver la sottise, on saurait à qui se fier.

Il est sain de mesurer en soi la constante sottise.

On appelle plus volontiers sots ceux qui énoncent des sottises que ceux qui en commettent.

Il est un doux sadisme : celui de faire parler les sots.

La politesse de la conversation est de prévenir la sottise de l'interlocuteur.

L'ennui avec la sottise, c'est qu'elle veut aussi qu'on l'imprime.

La sottise tend à cette uniformisation à laquelle l'intelligence échappe encore.

On peut émettre quelques sottises sans être sot, mais on ne saurait en abuser sans risque.

Rien de tel que les honneurs pour désigner les sots à la foule.

La plupart des gens ne sont pas « si bêtes que ça », ce qui leur permet de l'être plus encore.

On ne se méfie pas assez des imbéciles : certains se paient le luxe d'être intelligents.

On reconnaît un imbécile à ce qu'il n'est pas tout à fait un idiot.

Il vaut mieux être le dernier de sa classe que le premier imbécile venu.

Rien de tel qu'un imbécile pour avoir une idée originale et, bien entendu, imbécile.

Les grandes antennes n'empêchent pas les petites œillères.

A tant se gausser des sots, nous devons bien leur ressembler par quelque endroit.

15

Puérilité est ce mot caractérisant l'enfant et qui ne s'applique guère qu'aux grandes personnes.

Bien des gens affirment « en perdre leur latin » alors qu'ils ne l'ont jamais appris.

Est plus ignorant qui a mal appris que celui qui n'a rien appris du tout.

On croit comprendre et on ne fait que changer d'ignorance.

« Avoir vingt ans et savoir ce que je sais! » Voilà bien l'affirmation des ignorants notoires.

Contrairement à une idée admise, il vaut mieux être sourd que malentendant.

Il vaut mieux être aveugle comme Homère et sourd comme Beethoven que regarder sans voir et écouter sans entendre.

La plus cruelle des armes, poison et poignard, se nomme vulgarité. Elle sert au crime comme au suicide.

Voir partout la médiocrité en est le signe le plus sûr.

16

On n'invente pas plus de nouvelles vertus que de nouveaux vices.

La vertu en deçà sous-entend le vice au-delà.

Beaucoup appellent vertu ce qui résiste.

La vertu est ce dont on dit du mal par quelque vertu.

Certaines vertus se cultivent par vice.

Toute faute contient le germe du châtiment.

Dans la vie, comme sur des épreuves d'imprimerie, nous hésitons à corriger une faute par crainte qu'une autre la remplace.

Tel se repentait par avance des fautes qu'il allait commettre.

Nos fautes ne sont pas toujours de notre faute.

Il faut chercher ce qu'on appelle fautes aujourd'hui et qui ne le seront plus demain.

On ne se vante de ses défauts que par désir de les atténuer.

A faire le compte des qualités inutiles, n'en vient-on pas à pratiquer lucidement les défauts?

Une foule de qualités ne suffit pas à masquer un petit défaut.

Avec ses défauts, se forger une cuirasse.

Reconnaître chez autrui ses propres défauts rassure et crée la sympathie.

Rien de tel que les qualités pour nous faire défaut.

L'abus en tout est un défaut. Et l'abus en rien?

Les qualités sont des produits qui se corrompent à l'éventaire.

La pratique de l'habileté fait rendre l'âme aux qualités qu'elle tente de mettre en évidence.

Plus le mal se répand, plus il semble naturel.

La force du mal naît de l'indifférence du bien.

Pour faire du bien, sarclez votre terre. Pour le mal, laissez faire.

Ces malfaisants, leur excuse de faire du mal est qu'ils ne le font pas bien.

Nous haïssons moins le mal que celui qui en porte les coups.

Vouloir guérir le mal sans le connaître, c'est le fortifier.

Le bien, c'est le mal en moins mal.

Le génie du mal est d'avoir inventé des maux nécessaires.

Lorsque nous feignons de mépriser le mal, c'est par incapacité à nous y opposer.

Le « moindre mal » n'est pas le paravent mais le véhicule du pire.

Si « faute avouée est à moitié pardonnée », de l'aveu doublons la dose.

17

Le glouton est moins un homme affamé qu'un homme qui a peur d'avoir faim.

Le gourmand creuse sa fosse avec ce qu'il peut.

Si le cuisinier d'aujourd'hui se veut intellectuel, nous nous défierions plus volontiers d'un intellectuel qui se voudrait cuisinier.

« Laissez venir à moi les petits enfants. » Voilà bien une parole d'ogre.

Comme la gastronomie, la défécation a ses esthètes.

L'ennui avec les chefs-d'œuvre de l'art culinaire est qu'ils finissent mal.

Si tu aimes la viande, ne méprise pas le boucher.

Et si l'ascétisme n'était qu'un masochisme sublimé?

On appelle régime ce qu'on commencera demain.

« Qui a bu boira. » – Qui n'a pas bu aussi.

Ce qui ravit le buveur, c'est qu'il existe des boissons qui donnent soif.

La grève de la faim est plus répandue que la grève de la soif.

Le tabac et l'alcool ont cette particularité de donner bonne conscience à ceux qui n'en usent pas.

Le régime est une sorte de jouissance autophage.

L'ivrogne, c'est Diogène se prenant pour tonneau.

Pendant six jours nous recréons le monde et le septième nous nous reposons d'avoir trop bu.

Les gens qui ne sont pas alcooliques ont bien de la chance : ils peuvent boire autant qu'ils le désirent.

Il faut garder une poire d'angoisse pour sa soif d'absolu.

Bacchus ou Bouddha, dit l'obèse, que décider?

Tel but plus que de raison et raisonna plus que de boisson.

Les propos de l'ivrogne sont excusables puisque c'est le vin qui les parle.

Soumettez-nous à la question, mais au moins donnez-nous à boire!

18

Un caractère bien trempé, mais dans quoi?

Ne nous prenons pas au sérieux, nous risquerions de le devenir.

Les contrariétés seraient insupportables s'il n'en était de façonnables.

Tel reconnaissait supporter des parasites, mais il précisait qu'il s'agissait d'orchidées.

Cette fausse gravité qui masque son propre infanticide.

Qui veut tout peser ferait bien de s'assurer de sa balance.

Qui raille déraille.

Les succès du dehors n'effacent pas les échecs du dedans.

A défaut de victoire, il nous reste cette offrande : la leçon de l'échec.

Il n'est pire orgueil que de se flatter d'être rien.

Si nous triomphons de nous-mêmes, n'oublions pas de jauger cet adversaire.

Je croirai à la justice du sport quand les jockeys joueront au basket-ball et quand les joueurs de basket-ball monteront les pur-sang.

Quand on ne sait sur quel pied danser, on écrase celui du partenaire.

Il est de bonne guerre de ne mépriser que les méprisants.

Le plus parfait mépris s'exprime par l'admiration feinte.

Quand un dédaigneux rencontre un méprisant, on ne sait plus qui est qui.

Pratiquer « le plaisir aristocratique de déplaire », c'est faire ses dévotions à Sade et à Sacher-Masoch.

Si les sifflés deviennent les siffleurs, où allons-nous?

Un fat est celui que les gens de peu de jugement prennent pour un snob. (On peut inverser les termes.)

Le snobisme trouve ses limites quand le snob daigne nous dédaigner.

L'ennui, dit l'Incroyable à la Merveilleuse, c'est que si nous persistons à ne pas parler comme tout le monde, tout le monde finira par parler comme nous.

Il est des hommes qui lavent les insultes pour essuyer les échecs.

Cette douleur feinte qui attire la fausse consolation, voilà bien la comédie.

Rien n'est plus impudique que la pudeur affectée.

Il est des gens sympathiques comme l'encre du même nom : lorsqu'on ne peut pas les lire.

Un visage rusé ne peut cacher la ruse.

Il ne faut pas confondre changer et donner le change.

Il n'est plus odieux cabotinage que celui de la simplicité.

La faiblesse des fourbes, c'est qu'ils croient que les autres le sont aussi.

L'extrême duplicité est de feindre d'être dupe.

Si nous résistons à la tentation, c'est qu'elle n'est guère tentante.

Tout naïf est un roué, c'est-à-dire, d'une autre manière, un naïf.

Pour cesser de trembler, il n'est que de faire le compte de ses vaines appréhensions.

Du pire amélioré le tiède se contente.

Rien de tel que les gens vendus pour se vendre encore.

Atteignent le plus honteux ceux qui restent en deçà de leur honte.

Quand on tombe de haut, on tombe bien bas.

Si notre sang ne fait qu'un tour, que ce soit un tour de cartes!

Si nous retirions un à un tous nos masques, nous trouverions celui de la frayeur.

Il est des gens dont on loue la patience alors qu'elle est du côté de ceux qui supportent leur mollesse.

Certaines attitudes patientes ont pour but de provoquer notre impatience.

Jeter l'anathème sur l'insignifiant donne à mépriser notre propre mépris.

Le mépris est boomerang.

S'ils nous insultent, c'est qu'ils ne nous méprisent pas tout à fait.

On appelle désarmants les gens qui justement n'ont pas d'armes.

Les nouvelles littéraires

1

Un livre allumé telle une lampe aux portes du futur.

Le monde et moi ne formons qu'un seul livre. Pour bien l'écrire, il faut vivre pour lui.

Livre attachant, délivre-moi de mes entraves en resserrant d'autres liens.

Briser les chaînes. Arracher les bâillons. Lire!

Livre, porte ouverte, ouvre des portes en moi.

Tout bon lecteur est le filtre d'un livre.

Il lisait dans les yeux, dans les formes, dans les lignes de la main, dans le marc de café, parfois dans les livres.

Écrire un livre comme s'il était le premier livre. Ou le dernier.

Je n'ai pas tout appris dans les livres, mais j'ai beaucoup compris par les livres.

Mon corps sur la terre, mon esprit dans les nuées. Les deux dans un livre.

Tout livre où l'on ne sent pas le legs n'est qu'à moitié écrit.

Le livre qui hurle et celui qui vous parle à l'oreille. Choisir.

Lire pour aérer sa demeure.

Tout livre, même ancien, vient de naître pour qui le lit.

On ne respecte un livre qu'en le violant.

Si tu n'aimes pas la vie autant que les livres, c'est que tu n'aimes pas la vie.

Au livre, ce prince, nous demandons une audience qu'il nous accorde parfois.

Lire un bon ouvrage, c'est planter un arbre en sa terre.

Lire, c'est traduire.

La lecture, ce passe-temps des uns qui est le gagne-temps des autres.

Relire, c'est lire pour la deuxième fois comme si elle était la première.

On croit lire, on parcourt. On croit relire, on lit enfin.

Choisis ton livre. Peut-être t'a-t-il choisi.

2

Écrire, c'est lire en soi pour écrire en l'autre.

On écrit pour extraire de soi l'enterré vif qui appelle à l'aide.

On se cache dans son écriture pour mieux se découvrir.

On n'écrit jamais que pour se lire au-delà de son écriture.

Pourquoi m'écrire à moi-même puisque je suis là? – Parce que je suis aussi ailleurs.

On n'écrit que par attente de l'écriture.

Écris ce qui te chante, tu chanteras ce qui t'écrit.

L'écriture qui ne repose pas sur un lit de silence ne prend jamais son vol.

Écrire, c'est se gratifier d'un supplément d'angoisse.

Il faudrait, comme Catulle, écrire un livre que la pierre ponce vient de polir.

On écrit dans l'espoir de trouver pourquoi on écrit.

Pourquoi j'écris? Pour vous faire parler.

L'écriture, compensation des batailles perdues, représente le risque d'une autre bataille dont l'issue est fort incertaine.

Écrire, c'est moins accueillir des mots qu'en mettre à la porte.

Lorsque écrire nous empêche de dormir, songeons que dormir nous empêcherait d'écrire.

L'écriture est un voyage dans l'attente du port.

On n'écrit bien qu'en sens interdit.

Écrire pour qui? A tant de lecteurs différents peut-on envoyer la même lettre?

Quand les paroles cessèrent de s'envoler, les écrits frissonnèrent.

Quand j'entends : « Pourquoi écrivez-vous? », il me semble qu'il est sous-entendu : « Puisque cela ne sert de rien. »

Lorsque l'on me regarde écrire, j'attends toujours la question : « Ça mord? »

L'écriture peut être l'assassin des rêves un à un. Et l'on adore leurs momies.

Écrire moins pour laisser des traces que pour en retrouver.

On croit écrire pour la postérité, on écrit pour les universitaires.

3

Édition : affaire de jet. On lance un livre ou on le laisse choir.

Un dilemme de l'éditeur : publier un mauvais livre ou perdre un auteur.

Dès que publié, le livre n'appartient plus à l'auteur, mais à qui appartient-il?

Souvent un éditeur publie un livre pour qu'un autre éditeur ne le publie pas.

Il existe deux causes à la mévente d'un livre : qu'il soit mauvais, qu'il soit trop bon.

Les livres sont trop chers – surtout les mauvais.

Autodafé : toujours les livres brûlés renaissent de leurs cendres.

Lors d'une séance de dédicaces, les deux sujets de conversation sont « la rançon de la gloire » et « la crampe de l'écrivain ».

Un best-seller est généralement un méchant livre dont la vente permet à l'éditeur de publier d'autres livres tout aussi mauvais mais qui ne se vendent pas.

Affirmer qu'un livre ne plaira pas à tout le monde, c'est préjuger qu'il lui restera beaucoup d'admirateurs.

Il n'est permis de traiter d'obscénités que les œuvres médiocres.

Le propre des errata est de mettre en évidence la faute que l'on corrige.

4

Ce romancier : un mauvais sujet à qui tous les sujets sont bons.

Ce romancier taxidermiste qui croit imiter la vie en déguisant la mort.

D'une certaine manière, tout roman est un roman vécu.

Roman : métamorphose de l'observation en invention de l'observé.

Roman à la mode : le *plat* du jour.

Des romans courants écrits en courant.

Ces romans « qu'il faut avoir lus » pour les oublier bien vite.

Terminer la lecture d'un méchant roman métamorphose la fin la plus tragique en happy end.

Roman sans dialogues : arbre sans fruits. Il en est de splendides.

Les meilleurs dialogues sont entre soi et soi, mais il y faut le truchenent d'un autre.

L'erreur commune est de croire qu'en additionnant deux monologues on peut en faire un dialogue.

Dans les romans, il est des dialogues où il n'y a qu'un seul personnage qui parle.

Souvent, le romancier jette à l'eau ses personnages sans être assuré qu'ils sachent nager. Ils se noient dans son encre.

Ne sachant plus qu'en faire, il arrive que le romancier tue son personnage en le projetant dans son propre vide.

Il ne serait pas juste de dire ignobles les récits qui nous rappellent notre ignominie.

Dans un mauvais roman policier, le coupable n'est jamais loin, c'est l'auteur.

L'autobiographie est ce qu'on a inventé de mieux pour échapper aux biographes.

Dans un journal littéraire, on commence par citer Nietzsche et Platon et on finit par parler de ses rhumes.

Le journal littéraire est un lieu d'écriture où l'on ne parle des autres que pour dissimuler qu'on ne parle que de soi.

Tel se demandait quel serait le tirage de son journal intime.

Certaines œuvres sont à ce point anonymes qu'on se demande pourquoi l'auteur a pris la peine de les signer.

5

Qui pratique une langue étrangère a la chance de regarder la sienne du dehors.

Il prononça un mot anglais et eut l'impression de trahir sa langue alors qu'il en trahissait deux.

Une phrase agace toujours quelque peu celle qui la précède.

N'être jamais si mécontent de sa phrase que lorsqu'elle a l'air content d'elle-même.

La phrase est un train de mots dont la rapidité varie selon l'ardeur locomotrice et le poids des wagons inutiles.

A partir des mots de tous, l'organisation de la phrase unique – comme à partir des chromosomes de tous, cette naissance de l'être unique dans le monde pluriel.

Il n'existe pas de mots simples.

Le mot de trop exténue la phrase.

Les mots que nous mettons à la porte sont ceux qui nous attendent au tournant.

Comment pourrait-il exister des synonymes quand deux mots de même sens ne rendent pas le même son?

Le danger est d'être pris au mot autant que d'être pris à la lettre.

On cherche un mot qui contienne toutes les lettres de l'alphabet plus une.

L'orthographe simplifiée? – Rien de plus difficile!

Tel puriste accepte qu'on dise n'importe quoi mais pas n'importe comment.

Il est des mots qu'on retient pour que, tombant de nos lèvres, ils ne se brisent pas.

Qui joue sur les mots joue sous les mots.

Le langage créateur est celui qui extrait du mot un sens insoupçonné.

Puisez dans les archaïsmes : vous verrez de quels néologismes on vous accusera.

Le style met les mots en prison pour qu'ils s'en évadent.

Acceptions chancelantes des mots : il suffit de leur donner un compagnon pour leur faire dire autre chose.

Si l'on condamnait les crimes contre la langue comme ceux envers la société, le monde ne serait qu'une vaste prison.

Si les définitions des dictionnaires satisfont tout le monde, cela laisse soupçonner quelque tare.

Un grammairien est un codificateur de caprices.

La réforme de l'orthographe est une manière d'amener ceux qui ne font pas de fautes à en faire.

6

Le critique : ce gendarme des Lettres. L'auteur lui demande son chemin et se retrouve en prison.

Un critique est un homme qui lorsqu'il n'aime pas ça veut en dégoûter les autres.

Le critique est ce médecin habile à établir un diagnostic et maladroit à prescrire la médication.

Le critique a cette manie de s'attacher plus volontiers aux œuvres qui peuvent se passer de lui.

L'œuvre à laquelle un avocat est nécessaire rencontre plus facilement un juge.

La critique est toujours dramatique.

On reconnaît un mauvais critique à ce qu'il donne des coups d'épingle sans jamais rien percer.

Il est ce juge qui n'écoute que l'avocat général, ignore la défense et n'entend pas les jurés.

Le scalpel est un instrument de la critique, mais il confond autopsie et assassinat.

Le critique se croit lime qui polit quand il est râpe qui mord.

Texte censuré deux fois : quand la critique en parle, quand elle n'en parle pas.

C'est parce que des goûts et des couleurs ça ne se discute pas que certains goûts sont si discutables.

Il est des critiques qui ne retiennent que les livres adaptés à leur formule.

Critiquer, c'est s'exposer à l'insulte. Aussi certains prennent-ils les devants.

Non seulement certaines œuvres donnent des armes à la critique mais encore lui indiquent la manière de s'en servir.

Un péché de la critique est l'autocélébration à travers l'autre.

Combien croient écrire sur les livres et écrivent sous les livres.

Livres enfantés par les livres, enfants rachitiques.

A livre de peu, préface de rien.

Il est des préfaces qui coupent l'appétit et des postfaces qui rendent la digestion difficile.

Il est d'admirables préfaces : elles en disent plus que le livre et nous dispensent de le lire.

Il arrive qu'un livre se refuse au critique, soit parce que ce dernier le juge médiocre, soit parce qu'il n'est pas digne de sa lecture.

Après la pratique des méthodes de lecture rapide, découvrira-t-on une éducation plus utile : celle de la lecture lente?

La littérature à l'estomac : d'autruche ou de ruminant?

Être écrivain, c'est se condamner à passer devant des juges sans être assuré qu'ils ne soient quelque peu partie.

Que la littérature nous protège de ceux qui la veulent protéger autant que de ceux qui la veulent détruire!

La jouissance visible de l'auteur d'une édition critique lorsqu'il indique « sic » après la faute d'orthographe d'un grand écrivain est fascinante.

Ce qui gêne dans une édition critique, ce sont ces petits chiffres, ces astérisques, ces crochets posés dans un texte admirable comme des tickets de vestiaire.

Les gloses sont toujours plus obscures que les textes.

En littérature, certains ne rêvent d'être papes que pour le plaisir d'excommunier.

Ce critique parlait si bien d'un livre qu'il n'avait pas lu que, lorsqu'il s'avisa de le faire, il jugea bon de se taire.

Il dit à son œuvre : « Si tu n'es pas sage, je te donnerai à manger aux professeurs! »

Le volume d'une œuvre n'atteint jamais celui de ses épluchures.

La chance de certaines œuvres est d'être à ce point contestables que nul ne songe à les contester.

Livre illisible : pas lisible du tout. Ou trop lisible.

7

Le génie est un coureur solitaire qui trace un parcours là où ses successeurs se contenteront de marcher.

Avons-nous assez de talent pour comprendre l'idée de génie?

Taxer un être de génie, c'est vouloir en recueillir une part. Il faut du génie pour comprendre le génie.

Lorsque l'on affirme qu'il y a là « un certain génie », entendons qu'il n'y a pas de génie du tout.

Le mot génie ne désigne aujourd'hui que le savoir-faire.

Lorsque nous entendons « génial », pensons simplement que ce n'est pas tout à fait mauvais.

Il existe des génies qui s'étiolent dès que reconnus.

Le génie avorté est le plus proche parent du ridicule.

Les singes du génie ont de plus en plus de talent.

8

La littérature est en danger lorsque le danger quitte la littérature.

Être doublement homme de parole.

Refuser les vues esthétiques qui sont faites pour masquer et non pour extraire.

Qui imite se limite. N'imiter que ses intuitions.

Toute œuvre est une traduction de sa langue intérieure en une langue étrangère.

Le fond se doit d'être toujours en forme.

La pierre précieuse fait oublier qu'elle n'est qu'un fragment.

Ne pas laisser courir sa plume plus vite que sa parole.

La subtilité en écriture : lorsque ça dit bien ce que ça ne veut pas dire.

Craindre sa facilité peut mettre sur le chemin de la rigueur.

Ces doctrines vieillies, si nous étions nés vingt ans plus tôt, ne les aurions-nous pas pratiquées avec délice?

La hardiesse d'une œuvre nouvelle naît d'une hardiesse plus grande encore : celle des refus qui l'ont fait naître.

Il arrive qu'une tradition porte ses mouvances. Chercher si quelque graine de nouveau ne s'y cache pas.

A trop parler d'or, on flétrit les pépites.

On ne fait pas la Beauté avec des « beautés ». A se demander si des laideurs ne conviendraient pas mieux.

Il suffit parfois d'une goutte de nouveau pour que tout soit nouveau.

En littérature, la sincérité se veut l'avocate du manque de talent alors qu'elle en est l'accusatrice.

En voulant réduire la littérature à elle-même, nous risquons de ne trouver que « littérature ».

Quand on ne l'a pas assez dit, c'est qu'on ne l'a pas assez bien dit.

Ne pas dire de la Beauté qu'on la trouve jolie.

Ce que l'on reproche au style léché, c'est d'être mal léché.

Une certaine idée littéraire de la bourgeoisie nous met en garde contre une idée bourgeoise de la littérature.

L'humour noir a la couleur du sang caillé.

Style « rétro » : le dernier recours du manque d'imagination.

Sur le métier, remettez votre ouvrage : vous aurez autant de chances de le détruire que de le polir.

Un style est ce qui décourage le plagiat et tente le pastiche.

Il n'est pas difficile de déterrer les lieux communs : tant de fois retournée, leur terre est molle.

Le Mythe en littérature est un personnage qui a réussi.

Le pittoresque est comme certains anis : il faut pour les apprécier boire en petite quantité entre deux verres d'eau.

La réminiscence, cette coquette qui se déguise en anticipation.

L'érotisme gagne à être mis sous le manteau. Dès qu'il s'étale, il devient académie.

9

Si, au lieu d'écrire, il fallait graver au burin sur la pierre, lettre après lettre, n'y aurait-il pas disette d'écrivains?

Combien d'écrivains se sentent mal à l'aise dans le vêtement trop étroit d'une époque vouée à la confection!

Pour certains écrivains, il est un purgatoire à perpétuité. Mieux vaudrait l'Enfer.

Il existe deux sortes d'écrivains : les accumulateurs, les éliminateurs.

Il est des écrivains qui adorent qu'on les appelle « Maître » comme les adjudants de cavalerie sont fiers d'être appelés lieutenants.

Si pour l'écrivain écrire est difficile, ne pas écrire est pire que tout.

A seize ans, on écrit dans l'espoir d'étonner. Plus tard, on cherche l'étonnement pour écrire.

Qui a songé à écrire une « Lettre à un vieux poète »? Ils ont tant à apprendre.

Certains se piquent de littérature comme on pique les assiettes.

Les uns n'écrivent si bien que pour masquer leur manque d'inspiration, les autres écrivent fort mal qui auraient tant à nous apprendre.

Le fameux « vide de la page blanche », et s'il était celui que l'auteur y projette?

Et l'angoisse de la page noire qui en parlera?

C'est en forgeant qu'on devient romancier.

Un auteur peut éprouver une certaine jouissance à se savoir intraduisible.

Ne sachant s'il était le père ou le fils de ses œuvres, cet auteur opta pour un lointain cousinage.

Un écrivain reconnu est un homme qui fait couler plus d'encre qu'il n'en utilise.

Le dilemme de bien des écrivains est qu'ils se voudraient à la fois célèbres et inconnus.

Si cet auteur n'était à ce point occupé à surveiller ses confrères, il pourrait peut-être surveiller son style.

Le plus grand défaut de certains illustres écrivains est d'avoir suscité des disciples.

Un académicien est un homme en état de siège.

Les Académies seraient des lieux charmants si l'on ne se croyait pas obligé de décerner des prix.

Être célèbre, c'est être cible après avoir été flèche.

Dire d'un auteur qu'il ne fait rien comme tout le monde, c'est le flatter.

Il est des écrivains qui signent aussi illisible.

« Assez de compliments, dit l'auteur, mon livre va rougir! »

Quel éditeur inventera ce petit carton : « Hommage de l'auteur absent de son livre »?

Le silence d'un auteur ressemble au suicide tout comme d'ailleurs la poursuite d'une mauvaise écriture.

Lorsqu'on admire la fécondité d'un écrivain, il est bon de vérifier si ses enfants sont nés viables.

Si des écrivains construisent leur œuvre comme une pendule, il leur arrive d'oublier de la mettre à l'heure.

Le pamphlet est le seul lieu où ce qui est exagéré n'est pas insignifiant.

Un écrivain qui se donne en spectacle ne donne pas le spectacle d'un écrivain.

Un disciple se doit d'être créateur et non pas parodiste.

« Mon maître se choisirait-il pour maître? » se demanda le disciple.

Les disciples sont plus souvent la fausse monnaie du maître que sa petite monnaie.

L'alibi du plagiaire est d'ouvrir parfois des guillemets. Son erreur est d'oublier de les refermer.

Nous voulons bien qu'on nous pille, mais, de grâce, qu'on ajoute quelque chose!

Ce qui agace chez certains poètes est qu'ils se prennent pour leurs poèmes.

« Intermédiaire », tel est le nom qu'on donne à toutes les générations.

Il n'est pas utile de dater ses œuvres. Elles s'en chargent fort bien.

Le savoir-faire est une lacune.

Faut-il être imitable ou inimitable?

Aujourd'hui, il est moins difficile d'entrer dans le dictionnaire que de ne pas en sortir.

Quand un écrivain affirme ne pas s'intéresser à son œuvre, retenons qu'il dit quand même « mon œuvre ».

En appeler à la postérité, c'est prendre le moindre risque.

10

Il est des instruments si subtils qu'il suffit de les regarder pour entendre leur musique.

La musique adoucit les morts.

Les commentaires font rougir la musique.

Enfantée par un génie, la plus violente des musiques réfute ses anathèmes.

L'opéra est ce spectacle complet où tous les arts sont mis en œuvre pour faire oublier la faiblesse du livret.

Ces applaudissements rythmés comme un défilé militaire veulent honorer la musique et l'écrasent dans nos oreilles.

L'opéra-comique est-il une opérette dièse ou un opéra bémol?

La tragédie est le lieu où on se tue à nous le dire.

Une pièce de théâtre est dite « mal ficelée » quand elle est chargée de ficelles.

Les comédiens nous offrent de plus en plus de « Mémoires », mais il leur faut le plus souvent un souffleur.

On appelle Comédie la Tragédie envisagée d'un point de vue humoristique.

Le masque de la Comédie est plus hideux que celui de la Tragédie, ce dernier apparaissant fort bouffon. Inverser les masques?

Le théâtre est cet espace où se mesure, plus que celle du metteur en scène ou de l'auteur, l'imbécillité du public.

La vérité au théâtre ne peut se passer de mensonge. On se maquille pour être vrai.

On applaudit à la tragédie pour faire circuler le sang.

Le dramaturge est ce monsieur qui, lorsqu'on applaudit les comédiens, croit qu'on l'applaudit.

Le cinéma, art et industrie. Il peut quitter l'industrie en restant quelque chose. S'il quitte l'art, il n'est plus rien.

Le pauvre comédien : même ses partenaires ne l'écoutent pas.

Les mimes sont de faux muets. S'ils étaient muets, ils ne chériraient pas d'être mimes.

Il est des mimes plus bavards que d'autres.

11

L'art est l'imitation de ce que nous voudrions être et de ce que nous souhaiterions que fussent les choses.

Art précaire, le serais-tu un peu moins que nous?

En art, il s'agit toujours de mieux faire ce que nous faisons quand nous faisons ce que nous pouvons.

Si l'art n'a pas de patrie, que d'expatriés en son nom!

L'art est la patrie non arbitraire.

L'art désigne le chemin des abîmes qu'il s'efforce de combler.

En art, si on vous affirme que cela ne ressemble à rien, il y a toutes les chances que cela soit quelque chose.

Si l'art réjouit les sens, l'esprit suivra bientôt.

Tout art est le résultat d'un art autre, celui qui se cache dans la coulisse.

L'art est l'introduction du monde nocturne dans le monde diurne – pour l'éclairer.

L'art, c'est la vérité éclairée par le mensonge.

L'art, c'est la forme en constant devenir.

L'art est le lieu de la liberté entière – y compris celle de se donner des contraintes.

A Mécène pour encourager les arts succéda Mécène pour taquiner le fisc.

Lorsque nous croyons revoir un tableau, c'est que nous le voyons vraiment.

Ce sont les sculpteurs de chapiteaux qui ont inventé la psychanalyse.

Il serait raisonnable de ne tenir pour faux que les mauvais tableaux d'un grand peintre.

Le plus beau nu est celui dont on se passe d'imaginer les atours.

Peindre cet arbre de telle façon qu'on y devine les oiseaux.

Consolons-nous de certaines laideurs d'aujourd'hui en pensant qu'elles risquent d'être le beau de demain.

Voir, c'est s'isoler en soi.

La nature dont nous croyons avoir « le sentiment » est tout sauf sentimentale.

Il s'agit moins de projeter le sentiment que les données inextricables qui le font naître.

Lorsque nous ne trouvons pas à comprendre, cherchons s'il n'y aurait pas plutôt matière à perception.

On isole un détail de l'œuvre par incapacité d'en saisir l'ensemble.

L'œuvre d'art peut pécher par un endroit : celui où l'artiste n'a pas eu assez d'art pour dissimuler son art.

Le musée n'est un cimetière que pour les regards morts.

Le vandalisme consiste, tout autant qu'à détruire les chefs-d'œuvre, à leur donner un voisinage qui les insulte.

Dans une galerie, tous les tableaux se haïssent en silence.

Le plaisir est un artiste. N'en fais pas un comptable.

En art, ne pas suivre le guide. Le précéder.

Le chant profond

1

Poésie : le langage de ce que cache le langage.

Poésie : la nostalgie de l'aventure devenue aventure.

Poésie : l'ultime convulsion du soi qui se délivre.

Poésie : les mots m'emploient.

Poésie : île vivante surgie des flots de la parole morte.

Poésie : la chercher où elle n'est pas pour qu'elle s'y trouve.

Poésie : ce nid détruit, le reconstruire originel.

Poésie : lumière du corps.

Poésie : présence solaire dont le corps serait l'ombre.

Poésie : quand l'Idée flotte sur le parfum de la fleur.

Poésie : jeune et claire dans la nuit des temps.

Poésie : mariage du souvenir et du pressentiment.

Poésie : avide de lumière parce qu'amante de l'ombre.

Poésie : par-delà la gésine, la langue maternelle.

Poésie : le bien-Être dans l'inconfort.

Poésie : toujours une suite et toujours un commencement.

Poésie : la recherche de l'inconnu devenue la preuve du visible.

Poésie : invention de ce que les yeux ne savent plus voir.

La Poésie, comme le vol, a été créée pour que nos yeux se lèvent – pour mieux voir ensuite la terre et le tréfonds.

Sans la Poésie, nos instincts épuisés, nous verrions l'intelligence se lever, aurore inutile, sur un désert aveugle.

Les ultrasons de la Poésie.

La Poésie entre où la philosophie ne peut entrer.

Si la Poésie nous précède, nous trouverons la voie. Si nous désirons qu'elle nous suive, nous la perdrons en chemin.

Avoir pout but non pas la Poésie, mais un au-delà de la Poésie qui serait la Poésie.

La prose ayant une lettre de trop, la rose choisit la poésie.

2

Des tumultes de Dionysos à la mesure d'Apollon, la Forêt du Poème.

Le poème doit créer dès ses premiers mots le silence dans lequel on l'entendra.

Placebo du nomadisme originel : le poème.

Poème, porte ouverte, ouvre des portes en moi.

Boire à la coupe du poème une longue rasade de mots.

Le Poème, nourriture dégustée en même temps qu'offerte, délices de la bouche qui entend, délices de l'oreille gourmande.

Le Poème enlève à l'esprit la rouille des jours. Il entre par la bouche, l'œil et l'oreille et lave le corps.

Le Poème permet au lecteur de s'entendre à travers ce qu'il entend.

Le Poème est le rayon X de l'esprit, la recherche algébrique de l'X du cœur.

Cette minute adorable où nous penchant sur le corps du Poème, nous entendons battre son cœur dans le nôtre.

Le Poème est le lieu où les mots vont au plus près de leur vérité en la multipliant.

Chaque acte du Poème est un acte premier.

Écouter le Poème, c'est percevoir cette voix proche qui vient de l'autre bout de l'espace et du temps.

Aux ivresses de la fête, mêler la puissance armée de la grâce, élargir le Poème jusqu'à l'étoile pour qu'il retombe en pluie de diamants sur la terre.

Le Poème va de la réalité au réel en passant par la féerie.

Le Poème décèle l'invisible dans le visible, le visible dans l'invisible.

Le Poème cherche le présent dans l'absence, perce le secret vagabond.

Tout Poème, même s'il chante l'éternel retour des saisons ou la très amoureuse attente, est révolte.

Le Poème est le père du poète qui lui a donné vie.

Habiller le poème d'un commentaire, c'est le travestir.

Écrire sur le poème : écrire sous le poème.

Il s'agit moins d'écrire un poème que d'offrir une demeure à la voix écrite.

3

Poète : laveur de mots.

Poète : écrivain de haute mer.

Poète : de nudité vêtu.

Poète : le maquillage son ennemi, le dépouillement sa pratique.

Le poète dit toujours le contraire de ce que l'autre ne dit pas.

Le poète pose des pierres sur le toit du monde.

Pour chaque poète nouveau, tout est à recommencer.

Où le poète sème, la Poésie est jeteuse de sorts.

Le poète se livre corps et biens au poème qui l'invente.

Poète : cet arbre dont l'oiseau délivre la parole.

La vie du poète ne cesse d'être plante que pour devenir pierre.

Quand un poète meurt, toute la Poésie a froid.

Déjà le poète écoute celui qui l'écoutera.

Le poète est réel lorsqu'il imite ses intuitions.

Le poète, à une hauteur vertigineuse, va d'un point à un autre sur le fil qui n'existe pas.

Tout poète est une terre : telle donne son arbre, telle s'ouvre sur la lave du volcan, la plus aride offre son oasis, la plus isolée l'abri dans son île.

Ce que voit le poète n'est pas que du regard, mais aussi de la source secrète, du fleuve, de l'océan.

Astre fulgurant et multicolore, le poète traverse solitaire la vie grise de ses assassins.

Si le poète se situe face à la montagne, il prend sa voix. Il est ainsi des voix de roche, des voix de vagues, de ciel et d'embruns.

Chaque poète est un nid de pensée libre si haut situé dans la conscience universelle que la flèche du chasseur ne le peut atteindre.

Nageur remontant un courant contraire, le poète peine en vue de la terre ferme et de la vérité originaire.

Comme la peur a fait les dieux, l'espérance a fait les poètes.

Le poète est toujours en état d'ivresse sauf quand il a bu.

Tous les poètes sont engagés. Quelques-uns se mêlent d'idéologie.

Le poète est cet œcuménique qui marie mémoire et intuition pour créer une réalité nouvelle.

Le poète recherche sans cesse une langue absente de toutes les langues.

Ce qu'un poète donne à voir, il le cache encore. Au lecteur de savoir s'il brûle ou s'il a froid.

Le poète : non point engagé, mais responsable, n'a pas besoin de sergents recruteurs.

4

Imaginaire, ô ma douce patrie!

La plus haute note chante la précarité du chant, la fragilité de l'être.

Écrire avec deux encres : encre de jour, encre de nuit – lumière blanche, lumière noire, toujours lumière.

Susciter les salves du réel et leur survivre.

Rechercher un feuillet perdu de la mémoire parmi les rêves perdus et inaccessibles du trésor légendaire de l'humanité.

Construire l'homme à partir du squelette et non du vêtement.

Forer le puits de nuit interminablement.

Percer l'opacité du réel pour trouver l'invisible clarté.

Aimer plus que tout autre l'arbre sans terre et sa branche sans fruit.

D'un roseau, faire une plume ou une flûte, non une flèche.

Allumer toutes les lampes du présent pour éclairer l'avenir.

S'honorer d'être cette goutte de vin dont Chrysippe dit que rien n'empêche qu'elle se mêle à toute la mer.

Prononcer chaque vieux mot pour la première fois et l'écouter comme s'il venait de naître.

Soulever le mot qui nous soulève.

A ceux qui ont mangé les fruits du pays sans musique, offrir l'eau de la clarté.

Que le mot, plongé dans le bain régénérateur de l'image ou de l'union, en ressorte lavé et humanisé.

Diviser son mensonge en autant de vérités qu'il se peut.

Risquer l'erreur pour trouver l'autre chemin.

Frotter les mots les plus nus jusqu'à l'étincelle.

Être non point l'homme versifiant, mais l'homme diversifiant.

5

Même chantant la primavera, il invectivait le sort.

Si l'instinct solaire fait brûler et renaître le Phénix, il garde en sa vie le souvenir des époques de cendre.

Parler soleil. Je ne sais d'autre langue.

Au poème, louange, gratitude, éloge. On ne trouble pas l'eau en affirmant qu'elle est pure.

Au sommet de la meule, ne pas oublier l'épi de faîtage.

Que la Parole s'érige sans blesser le silence!

S'il s'agit de saluer la fleur, oublions la doctrine.

Pour que la Poésie vienne à nous, faisons la moitié du chemin.

Ôtez le mot, vous trouverez le trou.

Le reflet est aussi réel que l'arbre.

Qui trouve nomme.

Le poète, dès qu'il joue le rôle du poète, est le plus mauvais comédien qui soit.

Un poète qui dit mal ses poèmes, comme il les dit bien!

Allégorie : le « clair génie français » entravant Pégase et lui coupant ses ailes.

Quand le destrier redevient cheval, il y a promesse de poésie.

Un œuf de cygne est ma seule écriture.

Je romps, dit le chêne, mais ne plie point.

Sèche philosophie quand nulle poésie ne l'humecte.

Le lyrisme est le développement d'une excavation.

Être le poète des ivrognes et rester sobre.

L'ennemi de la poésie se nomme le poétique.

Que la poésie qui a commencé en musique ne finisse pas en algèbre!

Table

CET OUVRAGE A ÉTÉ COMPOSÉ
SUR UNE MAQUETTE DE MASSIN
ET ACHEVÉ D'IMPRIMER SUR ROTO-PAGE
PAR L'IMPRIMERIE FLOCH À MAYENNE
POUR LES ÉDITIONS ALBIN MICHEL
EN OCTOBRE 1991

N° d'édition : 11895. N° d'impression : 31017.
Dépôt légal : novembre 1991.

352

Imprimé en France